SoS Band 1
Die wahren Abenteuer des Svenney O`Shea

Der Lektor

Manus im Anus

Es gibt Manuskripte handgeschriebene
Blätter.

Aber zum Glück keine Anusskripte, ...oder
könnte man benutztes Toilettenpapier so
nennen??

(Sven M. Bork 25.6.2019)

Ersterscheinung 21.6.2020 zum 13
Zweite Auflage 26.4.22
Hochzeitstag
Vipy Bork Cartoons Illustrationen
Sven Bork, der Erzähler

Dank an alle die uns kennen und können.

Svenney O Shea, die wahren Abenteuer.

Impressum

E-Mails für Feedbacks, über die meine Frau und ich mich freuen.

Erzähler Svenneyoshea@aol.com
Grafiken Vipybork@aol.com
          Querart@aol.com   und auf Facebook
          SvenneyOShea

Bibliografische   Information   der   Deutschen
Nationalbibliothek:
Die Deutsche Nationalbibliothek verzeichnet diese
Publikation in der Deutschen Nationalbibliografie;
detaillierte bibliografische Daten sind im Internet über
http://dnb.dnb.de abrufbar.

Illustration: Vipy Bork Tong Cartoon
Übersetzung: 1:10 oder 1:15
Erzähler: Sven Bork
TWENTYSIX – Der Self-Publishing-Verlag.
Eine Kooperation zwischen der Verlagsgruppe Random
House und BoD – Books on Demand

© 2020 Sven Bork Texte Vipy Bork Cartoons
          Querart geschützte Wortmarke
Herstellung und Verlag:
BoD – Books on Demand, Norderstedt

Inhaltsverzeichnis

1.	Das Wirtshaus von Antrim	14
2.	Der Barde	33
3.	Der Plan	80
4.	zarte Bande der Liebe Entspringend sich knüpfen	86
5.	Erwachen, Erwarten und Gedöns	94
6.	Was geschah mit Sveeney O´Shea	96
7.	Begreifen und Verstehen	111
8.	Der Lektor, die Lektionen und Wo man sich sonst lecken mag	114
9.	Der Lektor	127
10.	Sveeney auf dem Weg zur Hurenfestung	148
11.	Dun Bleisce Doon, Die Festung der Huren	162
12.	Die Leiden des Aiden	205
13.	Sveeney, immer noch auf dem Weg	219
14.	Limerick in Limmerick und was ein Limerick ist	221
	Epilog und dann fertig.	

....

Die wahren Abenteuer des Sveeney O´Shea.
Zweite Auflage

Vorwort

Zunächst danke ich mir selbst, weil
meinereiner sich aufgerafft hat, das, was ich
schon immer einmal gar nicht erzählen
wollte, nun doch erzählt habe.
Erstaunlich finde ich dabei, das ich nicht
einmal mit Kapitel 2 Fertig bin, jetzt im
Begriff mit Kapitel 1 anzufangen, weil ich
denke, das ein Buch mit dem ersten Kapitel
anfangen sollte, was mir andere Bücher, die in
Kapiteln unterteilt sind mir ausnahmslos
bestätigen.
Die Vorlage zu diesem Buch, liegt mir vor,
was das einzige an den 5 Seiten in
übersichtlichen Lettern gesetzt ist, das ich
mir vorliegende Anhaltspunkt habe.
Es beginnt damit, dass es das Schicksal so
bestellte, das vor wenigen Wochen ich zum
ersten Mal eine Runde betrat, die so um einen
Tisch herum zu sitzen, beschlossen hatte.
Dieser Runde waren zugegen, Freunde der
Literatur und des Schreibens, dessen einige
nicht mal mächtig waren, es waren
Zwangsverbrachte aus verschiedenen

Jobcentern, die in einer sinnfreien Maßnahme geparkt wurden, die darauf angelegt war, die Chancen auf dem Arbeitsmarkt zu verbessern. Es ward ein Flipchart gezeigt, der einen Globus zeigte, den ich so nie zuvor sah, den er war nicht rund, sondern Plan und die Kontinente, die kannte ich bis dahin, gar nicht.

Ich neigte, meine Neugier zu diesem Chart, stellte zur eigenen Erleichterung fest, das die Erde immer, eine Scheibe ist, was das aufgezeigte Kartenmaterial, ja eindeutig belegt. Ich konnte nur die Kontinente nicht mit dem in der Ausbildungsstätte für Segellehrer beigebrachte Geographie in Einklang bringen. Ich ärgerte mich sofort, dass ich meinen eigenen Segelschülern irrtümlich die ganze Zeit das falsche vermittelt habe, ich ging von einer Kugelform oder Geoid aus.

Freudig das ich diesen Lebensinhalt, der von mir so innig geliebte und der darin bestand, jungen Menschen, das Segeln bei zu bringen. Aber auch denen die nicht mehr so frisch waren. Sowie dem ganzen Rest, den reizenden Frauen, die Navigation und die Wetterkunde und das Recht, das auf See besteht und was sonst zum Bootsfahren gehört, zu erklären. Damit diese an einem Tag X, der als Prüfungstag gilt, nach dem Bestehen eines Testes, im multiple Joyce verfahren, das

begehrte Papier, die Berechtigung zum
Führen eines Sportbootes, entweder binnen
oder auf See, als Segelboot oder unter Motor
über 15 PS berechtigt.

Der Kreis um den Tisch, in dem Zimmer, da
sich ein Ventilator befand und bemühte, die
Luft zu quirlen. War nur zufällig als Rund
aufgebaut in einem Raum, der zu allem
genutzt wurde, gingen alle davon aus, dass
dieser Saal nur und exklusiv für Sie reserviert
war, und benahmen sich entsprechend
besitzergreifend.

Ich selbst habe bei der letzten
Stuhlkreisbildung mit diesen, beim ersten
Treffen vorhandenen Personen erkannt,
dieser Buchgruppe würden beengende Zeiten
bevorstehen.
Beim ersten für und wieder der oben
abgebildeten Zeichnung, die mein Weltbild
für immer verändern wird, erfuhr ich von der
unglaublichen Person des Svenney O´Shea.
Eigentlich hieß der Typ Mc Evoy oder so,
stand es so auf dem Flipchart.
Mir gefiel aber später dieser Name nicht
mehr, nachdem ich Kapitel 2, das mir
zugeteilt wurde, abgeschlossen hatte und
dann ein Kapitel 1 benötigte, den welches
Buch fängt den im 2-ten Teilstück einer
Geschichte an?

Dieser Svenney, so die Idee und das
beschlossene Projekt, würde um viele Kapitel
oder Punkten wie es genant wurde, einen
Schatz zu suchen haben, trickreich hat der
Held Schlüssel aufzuspüren, die Schlösser zu
finden.
Es werden Geschehnisse passieren, die
meisten der Ereignisse aber nicht sofort,
sondern am besten nacheinander, damit sich
die Geschichte des Helden O´Shea ein wenig
in einer Handlung erschließt.

So wurde es zwar von mir nicht ausdrücklich
verlangt, dennoch wollte ich mir für Punkt 2,
dass ich Kapitel 2 nennen werde, weil es nach
Kapitel 1 direkt anschließt, mit dem ich sofort,
nachdem ich diese Einleitung oder das
Vorwort fertig geschrieben habe, anfangen
werde, einige stichpunktartige Gedanken
machen.
So müssen die Personen beschrieben werden,
die in diesem Teil der Geschichte
vorkommen, eine Beschreibung erhalten, Ort
sollte gefunden werden und eine für die
Kurzweil der Leserschaft sorgende Handlung.
So beschloss ich am Vormittag, diesen
Stuhlkreis zu verlassen in der festen Absicht,
auf der AIDA anzuheuern und das Ganze zu
vergessen.

Zuhause habe ich die neue Idee von mir gewiesen, dann da war ja alles, was ich brauchte. So fing ich an, mir Gedanken über O´Shea zu gestalten, Bernadette, wie Sie ab und an liebevoll genannt wurde. Die Geliebte und Sponsorin des Abenteuer, Schatz suchen, sowie einiger anderer Figuren. Die meist, zweifelhafter Erscheinung sind, von denen ich froh bin, diese nur als Erzähler, dafür aber genau zu kennen, was mich trotzdem beunruhigt. Sollte ich bei Gelegenheit, mal einen Arzt aufsuchen, der einen auf eine Couch legt und dann Notizen macht, während man aus seinem Leben berichtet. Das immer nur den einen Satz wiedergibt „ ich darf nicht einschlafen“, zumindest ist es der Satz, den man auf dem Notizblock des Seelenklempners findet, falls man ihn zufällig mal zu Gesicht bekommt.
Während ich über einen plott nach sinnierte, diesen aber nicht bewerkstelligt bekam, bemerkte ich das 20 Seiten, der Geschichte erzählt wurden, und zwar von mir, glaubt mir, ich war ebenso überrascht und verwundert, wie Sie meine lieben Leser. Da kam ich mit mir überein, nachdem das Buch, ja von dieser um einen Tisch herum sitzenden Gruppe und einem Namensschildinhaber, ja als die Abenteuer des Evoy Soundso erzählt werden ....

Erzähle ich von den wahren Abenteuern des
Svenney O´Shea.
Den so wurde es mir zugetragen und so werde
ich die Geschichten aufschreiben, in
erzählender Art.

Was aus dem anderen Buch wird und ob, ist
mir egal. Auf die Abenteuer eines sagen wir,
einfältigen Helden, bin ich ebenso gespannt
und so lasse ich mich darauf ein.

Beraten und beschlossen, an irgendeinem
Tag, es kann nachts gewesen sein, im Mai
2019 und heute 1 Jahr später, erscheint dieser
Band 1. SoS für Gefahr oder international
Mayday, in Wahrheit aber, Svenney O´Shea

HINWEIS

Zu Risiken und Nebenwirkungen, befragen
Sie den Verlag oder Ihren Buchhändler.

Ich bin kein Autor, dieses Buch ist mir nicht
eingefallen oder zugefallen, einige Male
hingefallen, oft auch missfallen und ja, ich
gestehe mit dem Lektor zusammen, beim
Besprechen, fingen wir oft an zu lallen.
Dieses Buch und das garantiere ich, hat
keinerlei Ähnlichkeiten, mit lebenden
Personen, so weit ich das zu beurteilen
vermag, sollten Parallelen bestehen, sind
diese vorhanden aber nicht beabsichtigt.
Ich bitte Sie, vor dem Lesen des ersten
Kapitels einmal folgende Begriffe zu googeln.

1.   Satire
2.   im höchsten Maas (Zusammenhang
      mit Punkt 1)
3.   Spaß, Klamauk, Humor, Fake, nix
      echt
      Konkret krasser Scheiß oder
4.   PARODIE, den nichts anderes lest ihr
      Folgend, ich wünsche gute
      Unterhaltung.

1. Das Wirtshaus von Antrim

Regen an sich ist nützlich für die Felder, das durstige Vieh. Nur für einen selbst, der seinen Durst lieber aus einem Humpen stillt, als den Kopf im Nacken liegend das unaufhörlich fallende Nass aufzunehmen, wird Regen schnell zu einer seelischen Verstimmung führen.

Dieser Fisselregen, der mürrisch fiel, was ihn aber nicht trockener gestaltete, hatte dieses milde depressiv, um das den meisten Niederschlägen inne war, vor allem wenn sie sich zu einem bedauerlichen niesel, zurückzogen.

Aber Irland, durch das zu dieser späten Stunde, ein verlorener Wanderer stapfte, über ertrinkende Wege, an ertrunkenen Feldern vorbei. Beklagenswert und allein, Irland war als vieles bekannt, aber nicht für karibische Tage oder Nächte, in der sich durchnässte, schniefende, leise weinend man seine Stiefel einen vor den nächsten setze, weil es sich so am besten lief.

Er hat auf seinem Weg so manche Kombination probiert, seitlich einen Fuß dem anderen zuführen, was eine Weile Spaß gab,

dann wahnsinnig in den Oberschenkeln zog,
er lief mal rückwärts und freute sich, zu
sehen, woher er kam. Bald schon nach der
dritten Kollision mit irgendetwas das im Weg
stand, stellte er fest, dass er hinten keine
Augen hatte, was für diese Art des sich
Fortbewegens von Vorteil wäre.
Die ersten Tage schlappte er recht lustlos an,
am dritten Tag hatte er weniger Lust zu
laufen, bevor es ihm heute Morgen so gar
nicht mehr gefiel.
Aber es musste weiter gehen. So lief er an
traurigen Weiden vorbei, wurde von Kühen
die bis zum Bauch, im Schlamm standen,
angeglotzt. Er glotze zurück, ab und an traf er
jemand, den er nicht kannte, aber das
vermochte seine Stimmung nicht auf zu
bessern, den die anderen, hatten ebenfalls
miese Laune und waren von wenig
erhellenden Gedanken beseelt. Was man
ihnen deutlich ansah.
Der Käse, das Laib Brot und anfangs, vor
allem der Wein, waren seine schönsten
Momente. Aber mit dem Trauben gekelterten,
den er am ersten Abend Trank, er hatte nur 5
Flaschen mitbekommen, schwindet das
bisschen Freude, ächzend und gar nicht in
Fahrt gekommen, beleidigt dahin.

Der Regen hatte mittlerweile keine rechte
Lust mehr. Irgendwie hat ihn das

unmotivierte Gesicht, des Mannes ebenso
entmutigt und so begnügte er sich damit als
niesel weiter zufallen. Was für den Wanderer
zermürbender war, den Nieselregen ist neben
Nebel, der deprimierendste Niederschlag, der
sich durch die kleinsten Ritzen durch das
Gewand an die Haut treibt und dort nur
störend auf die Befindlichkeit des betroffnen
wirkt.
Trübsinnig, den einen Stiefel vor den anderen
setzend, überlegte der Mann sich, wie es den
sei, ein Wolf zu sein. Ein Pferd, dann wäre er
schneller und ausdauernder. Nur der Regen
würde bleiben und als Lupus oder gar Rappe,
wie er so den Huf um den Korken der
Weinflasche legen könne, um diese zu
öffnen? Er verwarf den Gedanken und
vermisste den Wein.
Der gute rote Blutwein, den sein Vater der
13-te der O'Shea, auf seinem Landsitz nahe
Dublin selbst anbaute. Diesen erntete, um ihn
dann zu keltern, und als einen der teuersten
und besten Weine Irlands ausbaute. Wie
gerne würde er jetzt der Realität, die aus
diesem endlosen Latschen bei einem
Sauwetter bestand verlassen. Dafür Zuflucht
bei einer dieser oder anderen Flaschen aus
dem Weinkeller des Vaters suchen und dieser
grauen, jetzt schwarzen Realität mit einem
gepflegten Rausch zu entfliehen.

Wenn man so denkt, es kann nicht mehr schlimmer kommen, dann kommt es abscheulich und ja es kam sogar bösartig. Der Sohn des O´Shea, was ihn selber zu einem O´Shea machte, dazu zu einem Svenney, hörte von hinten Hufe trappeln. Pferdegeschirr klirrte und dieser Lärm kam immer näher, in einer aufdringlichen Art, die alles vor ihm anzuschreien schien, „Hoppla hier komm ich, aus dem Weg".

Er drehte sich um, in der Erwartung das ein edler Mensch, ihn mit hinnehmen würde, am allerbesten in eine Richtung, in die er zu gehen vorhatte. Weniger würde er sich freuen, wenn es in die Himmelsrichtung weiterginge, aus der er die letzten Tage bis hierher gelaufen ist. Im Grunde war es ihm egal und das Trappeln und schlingern und klirren, kam ohnehin aus der gleichen Richtung wie er und so fasste seine Hoffnung neuen Mut.

Ein 8 Spanner, marachte mit Tempo auf den jungen Mann zu, der uns als Svenney o`Shea in den folgenden Wochen und Monaten, durch die Erzählung hindurch als der Hauptdarsteller dieser Geschichte begleiten wird.

Er wird schon bremsen, der Kutscher wenn er meinen einen sieht und halten und mich anfragen, wohin ich des Weges unterwegs sei und so überlegte Svenney sich schon die

Antwort auf die Frage, die ihm gar nicht
gestellt wurde.

Die Kutsche kam rasend schnell näher und
bremsen, wäre bei dem Tempo zu gefährlich,
ja unmöglich gewesen. Überhaupt ein
Wunder, das dieses Fuhrwerk in dem Morast
vorankam. 8 mal 4 Huf Drive, das zieht was
weg, überlegte SoS, als das Gespann schon auf
seiner Höhe fuhr. Dabei er einen Blick in das
innerste werfen konnte, aber nur kurz, weil er
brutal von dem rücksichtslosen Kutscher
beiseite gerammt wurde und im Fallen
begriffen war.

Er sah nur kurz ein schönes ebenmäßiges
Gesicht, arrogant und hochnäsig mit
wunderschönen Augen, die abwesend durch
den O´Shea hindurch blickten.

Ja und da war es, es kam schlimmer. Svenney
wurde nicht nur zur Seite gedrängt und fiel,
der Weg hatte die Frechheit an seiner linken
Flanke zu einer Senke abzufallen, die war
einige 100 Meter tief. Was seinen
momentanen Standpunkt von oben fallend,
durch ein rutschen auf dem Hosenboden nur
unterbrochen von mehrfachen Überschlägen,
zu einem neuen Standort „Unten" verbrachte,
von wo aus er nach oben zu schauen
vermochte, wären seine Augen nicht komplett

Bernadette und der Kutscher Ashton
mit Matsch und Kleintier sowie Rehkleinkot
bedeckt und verklebt.
Aber Svenney hatte gar nicht vor den Blick zu
erheben, den er befand sich eben ja dort oben
und hatte gar nicht die Absicht, da zu sein,
wo er jetzt war. Warum sollte er dort
hinsehen, schau niemals zurück, schärfte sein
Vater ihm immer ein.
Der Regen wurde stärker, der Matsch und
Dreck begann sich in seinem Gesicht auf zu
lösen und auf die Schultern zu rutschen und
von dort den Mantel hinab auf den Boden.
So stand er da, Nass bis auf die Knochen.
Dafür immer sauberer, den auch
miesepetriger Regen, der nicht kraftvoll und
Nass, voller Elan und sich seiner selbst
bewusst, auf Personen herabfällt, hat die Gabe
des feuchten, des Reinigenden. So wussten es
die Putzmägde zu berichten, wenn die am
Brunnen oder im Fluss ihr Arbeitsmaterial,
frisches Wasser schöpften.
Svenney dachte und überlegte wie praktisch
doch zuhause ein kleiner Raum wäre, mit
lauter Löchern in der Decke und über diesem
Gelass, eine andere Kammer ohne Boden.
Diese wiederum mit Wasser gefüllt wäre, das
durch die Löcher der Decke des Raumes unter
ihm, entweichen und der Schwerkraft folgend
nach abwärts fließen würde.

Er hatte wie die ganze Familie, zwar einen
Raum, indem ein Holzmonstrum stand, das.

Mutter den Waschzuber nannte. Die mit
Wasser aus der Pumpe vor dem Haus gefüllt
wurde und mit dem Nass, das aus
dampfenden Kesseln, die im gleichen Raum

auf einem Herd standen und erhitzt wurden,
zu befüllen war.
Baden der Spaß für die ganze Familie, flog
SoS ein Spruch den Kopf, der überhaupt nicht
mit der Zeit und der Situation in der er sich
befand, kompatibel war.
Wie gerne badete der kleine Svenney. Mehr
als einmal wurde er mit dem ganzen
Badewasser ausgeschüttet, in dem er oft zu
heiß gebadet wurde. Was in seinem späteren
Leben öfters von Nachteil sein würde, aber
der Geschichte die Würze zu geben
verspricht, die sie sonst nicht hätte.
In der Pubertät gab Svenney sich gerne
Experimenten an seinem reifenden Körper
hin.
Er stellte fest, dass wenn die Magd auf eine
spezielle Art, an seinem Unterleib herum
wusch. Sich das Gebimsel das sonst nur
lustlos zwischen seinen Beinen schaukelte
und lächerlich, in der Wanne schrumplig
aussah, zu etwas formte und anschwoll, das
beeindruckend zu sein schien.
Die Magd reinigte diesen Part doch
ungewöhnlich lange und mit einem
ungewohnten Eifer und einem ihrerseits
bestehenden Interesses.
Svenney stellte fest, wenn die Magd dann zu
irgendeiner Handreichung, von seiner Mutter
oder dem Vater, der etwas anderes als die
Hand bevorzugte. Welche ihm die Magd

würde reichen können, aus diesem
Badezimmer abgezogen wurde und er die
Bewegungen der Magd an seinem Schaft
nachmachte. Sich ein Kribbeln und prickeln
und allerlei Gedöns, was sich Stimulanz
nennen würde, hätte man als junger Mensch
dieses Wort schon gehört breitmachte.
Während diese Erregung sich konstant
erhöhte und stärker und darin gipfelte, dass
dem Stamm, den er eben rieb, eine Eruption
folgte, deren Ergebnis um die Früchte seines

Dasein, neues Leben zu schaffen. Indem es eine von der Natur so vorgesehenen Art und Weise mit einer ähnlichen Sauerei verschmolz. Welche in einer Vielzahl um die Eierstöcke einer Frau gebetet sind, sodann aber in die warmen Fluten gespritzt dort so gleich den Tod, das jähe Ende fanden.
Die unerfreuliche Nebenwirkung war, dass diese Eruption im Wasser klumpig wurde und etwas fädig gar sämig. Wie geronnener Rotz, an der Oberfläche trieb. Was dann beim aussteigen aus dem Bottich, den Effekt hatte, dass dieses soeben ins Wasser abgegebene Erbgut, aus lauter Frust sich an der Haut festklebte. Dann beim Trocknen so widerlich zog, wenn man es mit dem Handtuch nicht abbekam und bis zum nächsten Besuch des Zubers, an sich hatte.

So ein Guss, ein Schauer von oben, dachte Svenney, sollte man Shower nennen und dieser würde jeden Dreck abspülen, an sich herunter abperlen lassen und auf nimmer wiedersehen verschwinden.
Ich sollte in den Boden, dieser „Shower" Löcher einbringen, damit das Wasser welches in seinem Eifer den Schmutz aufzunehmen, in seiner Reinlichkeit mit dem Duschenden getauscht hat, abfließen kann. So würden sogar die Quanten (Füße)gereinigt sein, so

absurd der Gedanke von sauberen Mauken in
dieser Zeit war.

Svenney hatte oft Ideen, eher Visionen aber es
lies sich, nahezu keine umsetzen. Teils es
technisch nicht möglich war, vor allem weil
SoS zwar Hände hatte, diese für das meiste
leider nicht zu gebrauchen waren, was für
eine Umsetzung nötig gewesen wäre.
Zeit wird es, sprach er mehr zu sich selbst,
weil außer ihm kein Aas, 50 cm tief im
Schlamm steckte, daher erwartete er gar
nichts.
Schllloooorkssssss, „WER DA" niemand

antwortet, hätt Svenney geahnt, dass sein Stiefel, der sich festgesaugt hatte, dies Geräusch macht, würde er auf keine Antwort gewartet haben.
Schlllllllloooooooooooorkkkkssss zuppp plitsch, Svenney bemerkte selber, dass der Schuh seinen Fuß nicht länger zierte, sondern feststeckte.
„Zum Schaaaaaitaaaaaaann, jeden Abend bekomme ich die scheiß verseuchten, Gammeltreter, diese von der dümmsten Ziege stammenden Klumpstiefel, genäht von einer flachbrüstigen xxxxxxx. ...“
<< der Lektor würde das Wort ohnehin entfernen oder schlimmer umschreiben, was dem Fluch seine Dramatik nehmen würde, so tue ich es selbst, ...>>
...nicht mal mit Gewalt vom Fuß. So das ich in den Dingern schlafen muss, tagelang. Was ja seinen Vorteil hat, da wenn die Botten säuberlich geparkt auf der Fußmatte stehen, jedes Mal der Uhu aus der alten Eiche vorm Haus fällt. Ansonsten, Dämpfe bis ins Anwesen gelangen, die wenig geeignet sind, Appetit aufzubringen, um das, was Madga in der Küche immer zusammen brennt, als Mahlzeit ein zu Verleiben.

Und hier im tiefsten Scheißwald, stecken die
Dinger im Dreck.
Er zerrte, riss und zog und mit einem
Schmatzen bekam er der Stiefel frei. Während
er sich fragte, ob man diesen Effekt nicht
nutzen könne, um zu Hause, Stiefel vom Fuß
zu bekommen. Eine Art Stiefelknecht so
würde er ihn nennen, die Headline in der
Verkaufsanzeige müsse nur auffällig genug
sein, dachte er und verwarf den Gedanken
wieder, weil er nicht drauf kam, wie man
diesen Effekt in eine Homeversion die

ein Kassenschlager werden würde umsetzen
könnte und machte sich auf den Weg.
Falls irgendein geneigter Leser enttäuscht ist,
dass ich, der Erzähler diesem Vorgang keine
weitere Beachtung schenke, ist es dem
Umstand geschuldet, dass es sauspät ist,
Svenney Nass bis auf die Knochen. Ihm ist
arschkalt, er ist müde, hat Hunger, muss
gleich kotzen. Er braucht dringend ein Gesöff
und bei allem Respekt, meinen zahlenden
Gönnern gegenüber, da kann ich den Tropf
jetzt nicht ewig rumstehen lassen. So frierend,
jämmerlich, nur um einen so simplen Akt zu
verdeutlichen, wenn um diesen Matsch und
Schuh doch weitaus mehr Gewese passierte.

Svenney begab sich auf den Weg, und zwar
auf den, den die Kutsche genommen hatte,
den ihm war so, als würde diese direkt ins
legendäre Wirtshaus von Antrim fahren und
er hatte schon als kleiner Junge ein Faible für
Verfolgungsjagden.
Er erklomm den matschigen Abhang,
erreichte den Weg zügig und ärgerte sich,
wütend ballte er die Faust, dann beide und
drohte in den Himmel oder andere imaginäre
Richtung.

Ähhm, ja er hatte den Stiefel vergessen anzuziehen, das habe ich euch ja nicht erzählt, dann jetzt.
Svenney zog fluchend und grollend seinen Stiefel an, er versuchte es aber es gelang nicht. Dunkel war es, kein Mond schien helle, es gab nur ein kleines wenig Licht. Da sich der Regen verzogen hatte, was Svenney da versuchte anzuziehen, war ein Baumstumpf, der genauso aussah wie sein, Schuhwerk das verkrustet genau neben diesem Stumpf stand. Der 2te Versuch, mit dem Botten passte besser und so schindete der Svenney O´Shea sich erneut den steilen Abhang hoch und bemerkte, das es wesentlich leichter war, wie mit nur einem Stiefel.

So wanderte er stumpf schweigend, jeder Versuch einer Causerie hätte ihn nur aus seinem schwer erlangten Gleichgewicht gebracht, vor allem wenn eine zustande gekommen wäre und er jemanden in der Nähe hätte, mit dem er diese Konversation betreiben könnte.
Er dachte sich, wie praktisch wäre es doch hier an dieser schönen Wegessgabelung neben einem Hinweis, wo dieser Ort Antrim den liegt, ein kleines Häuschen, ein Büdchen zu finden. Wo ein Bräter Wurst von einer Stange nimmt, die hinter ihm hängt. Diese Fleischeslust zerteilt in kleine, gleiche Stücke,

sie in ein Schälchen legt, ein rotes Pulver
drüber-streut, mehr tomatiges Geschmier da
darauf gießt und es hungrigen Reisenden
gegen einen Obolus zu reichen. Dazu
knusprige gelbe Stangen, aus der Kartoffel
geschnitten, etwas Salz wäre fein, die man in
die rote Soße tunkt. Dazu ein Stück Brot, um
das Schälchen gänzlich auszutupfen, damit
keine Tomate umsonst unter Qualen
zerquetscht wurde, auf das Reisende, sich an
ihr delektieren.
Aber ein Hinweis, wo diese gottverdammte
Schänke liegt, würde reichen, er folgte den
Spuren der Kutsche.
So machte es Svenney schon früher immer,
seine Art zu Navigieren war simpel, er folgte
zu Fuß oder zu Pferd jemanden, der aussah,
als würde er genau dahin wollen, wo er hin
wollte. Meistens war Svenney dann nur
überrascht, wo er statt, dessen ankam, aber ab
und zu klappte diese Methode, was ihn dazu
ermunterte diese Form der Navigation bei zu
behalten, er kannte sonst keine andere.
So folgte er und wanderte weiter und
immerfort und noch ein bisschen, bis es in
seinem Darm zu rumoren begann.
„Ach Du Scheiße“ der wahre Sinn dieser
Worte wurde Svenney sofort bewusst, den
genau so war es. Während er drückte, spürte
er, dass die Wurst bereits lappte, und
gleichzeitig bemerkte er ein Licht, das an

Intensität zunahm, je näher er kam und heller, als er ganz nah herankam.
Die Wurst winkte schon und Svenney beschloss, bevor er das vorwitzige Scheißteil aus seinem Stiefel kippen muss, sich der Hose zu entledigen und durch drücken, den Geburtsvorgang dieses Stückes erlauchten Kotes, einzuleiten. Gesagt nahezu getan, obwohl niemand absolut gar keiner zu sehen war, oder überhaupt suchte er sich einen Busch, fand ihn sogar mit schönen weichen Blättern, frischen vor allem .... die er nachher gut brauchen könnte und drückte ab. Samtweich wie geschmiert, entrückte die Fäkalie seinem Rektum und schlang sich zu Boden und bildete nein nicht einen, nicht 2 nicht nur 3, nicht 4 sondern 5 saubere Ringe und ein malerischer Zipfel. Svenney betrachtete melancholisch und mit Stolz sein Werk und überlegte. Wie Formidable es wäre, für den Fall das es etwas gäbe. Gerade im Sommer, wenn es heiß ist, eine Apparatur mit einem Hebel, wo man einen Becher unter eine Art Düse hält, aus dem eiskalte Creme floss, die auf dem Gaumen schmolz. Eine Vanillenote hinterlassend und erfrischend. Jäh durchzuckte es Svenney, eben von träumerischen Stolz sein Werk bewundernd, das wie gegossen auf der Erde lag. War dieser inspirierende Haufen nicht mehr da, er dreht sich um und sah, wie die braune Perfektion

Beine bekommen hatte und sich davon stahl,
er rieb sich die Augen, sah ein weiteres Mal
hin und das Bild blieb.
Das die Scheiße am Dampfen war, das hatte
er schon oft gesehen. Kot am Laufen und
dann in die Richtung in die er wollte, als
würde die Abscheulichkeit schreien, na los,
komm, fang mich, wer erster ist und so ein
Kack. Was der Scheißhaufen aber nicht tat, er
glänzte nur in seiner vollendeten Pracht.

Svenney dachte an die Schildkrötensuppe, die
er aß, sein inneres Auge erblickte den Teller
mit dem Tier darin und so fragte er sich, ob
das Reptil lebte. Hummer kocht man ja
lebendig. Austern, die schlürft man aus der
Schale, nachdem der Zitronensaft die
Muschel zwingt, sich zusammen zu ziehen,
das zuckende Fleisch, das sich in der Schale
windet.
Ich muss eine komplette Schildkröte erwischt
haben, nur wie habe ich die so verschlingen
können?

Während der Svenney sich fragte, erkannte
er, dass er auf einen Igel geschissen hatte. Er
wischte behände den Allerwertesten mit den
allerfeinsten Blättern ab.
Bemerkte im Wischen, wie gut es die Natur
meint, aber es doch besser könnte, wenn Sie
an jedem Blatt eine Perforation ins Blattende,

da wo es zum Stil wird, anbringen könnte
...weil sich das Laub so komfortabler ernten
Liese.
Nach diesem Scheiß schwang der Svenney
sich auf, um die letzten Meter zu überwinden,
die zwischen ihm und dem Wirtshaus lagen.

2. Der Barde

„Links den Huf und rechts den Huf, ja das ist
der Antrim Groove," schallte es aus der
soeben geöffneten Tür, in einem freundlichen
Rhythmus und doch mitreißend, die johlende
Masse stampfte auf und Stompte, es war eine
Freude, für dessen Rechte später einmal die
erste allgemeine Verunsicherung (EAV), sich
St. Pölten und die Singleauskopplung, den
hinteren Vorarlberg kaufen würden.
In dem Moment wo Svenney durch die Tür
stapfte und vor dem Dussel stand, in einem
lächerlich schwarzen Gewand gekleidet und
die Hand hob und sagte „uffbasse Duuu
gummscht do ned nei, wechselte der
Rhythmus und die Band fetze los, kein
mittelalterliches Geschrappel und Gezupfe,

sondern da lag Bass in der Luft und andere
Aromen, das war damals eben so.
Riechsalz ersetze die Seife. Aber wenn das
Parfüm den Dunst körperlichen Zerfalls nicht
mehr überdecken konnte, roch die im Mieder
geschnürte Pomeranze, lieber am Fläschchen.
Als sich die abgestorbenen Körperzellen mal
von der Haut zu schwemmen, indem sie ihren
üppigen Leib in ein Schaumbad fläzte.

„Was ?" Erwiderte Svenney freundlich und
schaute irritiert zu dem Schmock vor ihn, der
fragte „Ey Schtescht uff da Lischt? (stehen Sie
 auf der Gäste Liste?)
„Was? "wiederholte Sveeney (Häää?)
„Du, gummscht do ned nei...." (Hier kein
Eingang für Idioten)
„Wer" (Häää)
„Du gummscht ned nei, leierte der Man in
Black" (No Entry).
„Doch, ich bin ja schon drin, Sveeney sprachs
und wollte vorbei witschen.
„Du ned, do gummsche ned nei,
Kleiderordnung"
„Hääää", fragte Sveeney schlau (Wie bitte?)
„Do inn, gumsch ned nei, weills ned sauber
anzoong bisch, do anna Düüür glääbt s de
Hausoordnong, gannsch need läääsee??
(Kein Eintritt, wenn ihre Garderobe der
Hausordnung nicht entsprich)

„Eindeutig und fürwahr, zuerst edler Tor
Knecht, in welcher Kiste mit Sand, haben wir
beide gespielt und eine Schaufel und ein
Eimerchen geteilt, als das er mich duze??
„Schau er mich an, vom Kopf bis zum
Scheitel, ein Gentleman. Meine Stiefel allein
könnten Deine Sippe Monate nähren und das
Wams ist so fein, bestickt von 3-Jährigen, weil
nur deren Finger so klein sind, um das
Spinnenhaar das mein Wappen,...
Das der Familie O´Shea, Svenney hob
dramatisch die Stimme und war enttäuscht
das der akustisch untermalte Familienname
den einlassverwehrenden Deppen, kein
bisschen Erschaudern lies oder sogar auf die
Knie zwang. Was daran lag, dass dieser nie
etwas von O`Shea gehört hatte, wie es den
meisten Planeten Bewohnern zu dieser Zeit
ging.
...“zu sticken“, vollendete der enttäuschte
Recke Svenney seinen Vortrag.
„Hebe er sich hinweg, mache er den Weg
frei“.
„doo gumsch ned nei“ (Nix Eintritt)
„Die Kleiderordnung besagt, las Svenney den
Wisch der da glääbte.“
Was etwa kleben bedeuten musste, den genau
das tat das Papier. Dass ein Weib vollständig
bekleidet, vom Kopf bis zur Sohle im
sauberen Kleide zu sein hat, Schuhwerk ihren

Fuß bekleide und so steht es bei den Männern
der Einfachheit halber ebenfalls geschrieben.
„Schaaauber ach no.“
„Und sauber“ verbesserte ihn der von
O´Sheas, dass man trocken sein muss, davon
lese ich hier nichts.
Da stand er der Depp und hatte wenig zu
erwidern. Wenn Svenney alles andere als
sauber war, schon gar nicht im Schädel und
sein Stiefel nicht mehr so neu aussah, war es
doch dieser O´Shea, der eintrat und den
Türsteher stehen lies.
Dieser aber ihm wieder keinen Einlass
gewährte. So trat Svenney diesem heftig in
den Bauch den Schwarzgekleideten, bis dieser
in der Mitte einknickte und dann vom Fuße
beschleunigt in die nächste erreichbare Ecke
abhob. Wo er sich dann von der Wand
gebremst, erst einmal nur leise wimmernd
dasaß, lauter stöhnend hinabsank und dann
laut röchelnd dalag und den Weg freigab.
„Ich hasse diese Labberrei, führt zu gar
nichts“ sprach der O´Shea und setzte seinen
Plan, Einlass zu erlangen sofort um.
„jetzt geht sie los, mit ganz großen
Schritten“irgendwas mit Titten konnte
Svenney hören, die Band war phantastisch,
eine Stimmung unglaublich, auf den Tischen
tanzten Damen, welche die Kleiderordnung
die da draußen „glääbte“, weder ernst noch
genau nahmen und so manche die auf

irgendwelchem Schoße saß, hatte überhaupt
kein Kleid an, das einer Ordnung bedürfe.

Das Wirtshaus von Antrim
Überall wurde gegrölt, gesoffen, gefeiert,
gemixt, gegrillt, gegessen, gekommen,
gegangen, gewürfelt, gewonnen, gesponnen,
gesungen und soeben gestorben, was öfters
vorkam, die Gründe waren verschieden, den
auf vielerlei Ableben konnte man in diesem
Hause zu Antrim hoffen.
Zu Tode gesoffen, gehurt, gefickt, gebumst,
durch Gewalt, wenn der Hickory Axtstiel
unnachgiebiger war als die eigene Nuss, der
Stiel sogar ein Axtblatt hatte, das garantiert
härter war. Oder der gemeine sich
amüsierende Holzfäller vergaß oft, dass es
angebracht war, wenn er sich über etwas
echauffierte.
Mac O`Connor, dem die Uhr des Lebens
mitteilte, das er dran sei verschied heftig
stöhnend und atmend. Als Maria von
Ashwood mit einer 95 DDD gesegnet eher 105
EE, die sie aber in dieses hinreisende Kleid
niemals hätte pressen können, und vor allem
sollen, einen Niesanfall bekam. Und sich das
Oberteil exorbitant spannte, der oberste
Knopfes Naht den urbanen Kräften, welche da
entfesselt wurden, nicht standhielt. Sich mit
einem Zääääng löste, sofort auf Warp 3
beschleunigte und in die Stirn des O`Connor
eindrang, was diesem nicht guttat Er fiel dann
sofort und anständig um, klammerte sich

nicht an seinem Leben, er ließ es los. Ja
loslassen in einigen hundert Jahren

würde es Seminare geben, die sich mit diesem
Thema befassen. Sehr teuer sind und in denen
man vor allem lernen würde, den eigenen
Geldbeutel nicht zu um Klammern und wie
gut man sich fühlt, wenn man losgelassen hat.
Während andere danach willig und gierig
zugreifen und der olle Mac O Connor wurde
in diesem Moment zu einem Pioneer.

Selig sein Lächeln, den das, was er zuletzt
gesehen hat, war der Stirnwunde genau zu
entnehmen. Bildet man den linearen Weg
vom Knopf Ursprungsplatz zur Stirn, hatte
man exakt die Achse, wohin der geile alte
Greis, zuvor sein Augenmerk gelenkt hatte. Es
war eindeutig, dass er zwischen genau 2 x 105
EE geblickt hatte. Was den Seeligen
Ausdruck, der etwas dümmlich war dabei,
erklärte und somit war klar, er starb mit dem
Blick auf monstermäßige Gesäuge, die doch
auffällig drapiert waren und in der Auslage
recht gekonnt angeboten wurden.

Wer möchte nicht so sterben, gut der
Mercedes unter den Todesarten ist, immer
zwischen zweier solcher Monster zu
ersticken, nachdem man sich ausgiebig
leergepumpt hat. Was oft vor kommt,
zumindest im 21 Jahrhundert in
irgendwelchen Thaimassagen. Ob auf Phuket,

Pattaya und in Bangkok, wo Opa
Muckermann leblos auf der Mai Lin liegt,
nachdem das Herz ihm schmerzhaft
mitgeteilt hat, das es für diese Anstrengungen
 zu alt ist.
 Und das die blaue dreieckige Pille, zwar den
Stand der Dinge gut und gerne wieder
herstellt, aber es ihm den Zentralmuskel,
welcher das Blut durch Aorten pumpt, gar
nichts bringt, außer Leid und die Lust
aufzugeben.
Da es, das Herz davon ausgeht, das eine
Drohung, durch sagen wir leichtes
Herzkammerflimmern oder einen Teilkollaps
nichts bringen wird. Aber jede andere Art von
Warnung, zu 99,9% in den Wind geschlagen
wird, weil das Hirn einen guten Meter tiefer
gerutscht ist. Ebenfalls in 2 Hirnhälften
unterteilt, die nicht mal am Hypothalamus
zusammengefügt, sondern bällig als
Einzelorgane funktionieren, das Denken
übernommen haben, hat das Herz
beschlossen, den bei der Geburt
geschlossenen Vertrag einseitig zu beenden.
Für den geilen Knallkopf, den der
Reiseprospekt den Golf von Thailand
versprochen hat, der Traum Tod schlechthin
und genauso wurde es in seinem
Lieblingspornofilm, Fick und Fotzi, zwei
Turbogeile Stewardessen Nymphomaninnen

auf dem Linienflug im Bumsbomber nach
Bangkok beschrieben.
Svenney ging zielsicher auf einen der Tische
zu, auf dem kein Weibsstück barfuß herum
wackelte. Er wollte etwas Essen und Füße die
nicht in zarter Versuchung, durch einen
Seidenstrumpf verborgen, verdarben ihm den
Appetit, wenn nicht heute da brauchte er
keinen, er hatte einen Bärenhunger.
Krachend lies er sich auf das einfachgefertigte
Sitzmöbel fallen. Er knallte mit der flachen
Hand auf den Tisch und verkündete, Wein
Weib und Gesang kann ich mir nicht leisten,
aber für heut nehme ich mit dem Wein, was
zu essen vorlieb. Wenn es eine Kammer gibt,
in der ich mein müdes Haupt betten könne,
so wäre es mir Recht.
        Er sprachs und die Worte verhallten,
ungehört. Den keine Sau nahm Notiz von
Svenney, was daran lag das die Anwesenden
Schweine, vor allem in der Küche anzutreffen
waren, dort nicht mehr den Anspruch hatten,
einer vorgetragenen Bitte Gehör zu gewähren.
Sie waren, mit einem anderem werden
beschäftigt, dass werden zu einer Mahlzeit.

Schwein wurde zu Haxe, zu Eisbein gepökelt
zu Sülze dem SPAM, als Rippe, Kotelett oder
gegrillt. Sonst in weiterer Form angeboten, im
Gegensatz zu jedem anderen irischen
Restaurant, wo es ausschließlich LAMM gab,

aus dem die meisten Nationalgerichte Irlands
bestanden. Das Antrim aber stand für
Sauereien, auf dem Tisch im Magen und
sonst.
Niemand schien sich für den Helden zu
interessieren, der hungrig und mit einem
Durst, Platz genommen hatte. So stellte der
Svenney sich wieder auf die Füße. Schlurfte
an den Tresen, wo er sich einen ca 50-
jährigen Greis (damals war man mit 40 schon
alt) der den Wirt darstellte, was man an
seiner Montur leicht erkannte, am Kragen
schnappte, diesen kurz anhob und ihn
ansprach.

„Gevatter ich hatte einen langen Weg,
ich hab einen Hunger und einen Durst.
Aber,
bin kein Verehrer,
aber ich mache gleich Deine Kasse leerer,
drum stell ihn mir hin 1-2-3
von der Sau eine kleine Schlemmerei,
dann noch einen Humpen vom Fass, aber
Schenk gut ein,
sonst kassiere ich euer Leben ein.
Und wenn ihr schon dabei seid,
für mich noch eine weitere Freid
Vom Weine dem guten würd ich gerne
trinken
auch wenn meine Füße aus den Stiefeln
stinken

den Schnaps danach lass ich nicht aus,
trabt nun ab und bringt mir den
Schmaus."
Da ginge er fort, und lies den Wirt aus seinen
Händen raus.

Es dauerte nicht lange und ein weiß
gewandeter dicker, walzte zu dem Tisch, an
dem Svenney wartete, indem er dem Treiben
zu sah und das Treiben, ihn den Svenney
bemerkt zu haben schien. Von überall kamen
Blicke auf ihn zu.
Der Dicke wuchs vor dem Tisch, des Svenney
auf schaute bärbeißig, zu dem da Sitzenden
hinab undeutlich und legte los.

„Hey Du Schmock, du hörst gleich ein
Kroock
Dein Schädel wird es sein, aber nicht
vom Wein
mit diesem Stock, schlag ich ihn dir gleich
ein"

„Du willst essen von dem Schwein,
Deine Artgenossen passen in dich doch gar
nicht rein.

Weißt Du was?
Ich krieg gleich den Hass,
und Du einen Laufpass.

Svenney:
„Hey Du Bettel, renn zu Deiner Vettel
In die Küche rein,
aber fall nicht über mein Bein.
Wenns nicht gleich was auf diesem Tisch zu
essen hat,
dann mache ich dich ganz schnell platt.“

„Nimm Deinen Stock, mach daraus nen
Pflock
treib ihn dir in den Arsch
ich werde hier gleich barsch.“

„Gleich werd ich sehen, wie Du kuckst
Wenn Dein eigenes Blut Du spuckst“

„Deine Zähne kannst Dir auch gleich an
Sehen.
Denn die werden sich gleich auf dem
Tisch hier drehen“.

„Trab schnell ab, mach Dir den Spaß,
und gebe in Deiner Küche Gas.
Ich will, was ich will.
Weil ich dich sonst ganz einfach KILL“.

Siehst Du das Messer?
Verstehst Du mich jetzt besser?
Wen ich dich nicht gleich von hinten seh,
tue ich Dir, damit weh.

Der Koch
    „Verzeiht mir Herr, ich habe kaum
gepennt.
Ihr habt da ein wirklich gutes Argument".

Drum werd ich mich jetzt sputen
Hab für euch Keulen von den Puten

„Den Wein zapf ich aus dem besten Fass,
setzt euch ans Feuer, ihr seid ganz nass.
Ein Bier vorab ich lass es euch bringen
verzeiht mir Herr, wir müssen heute nicht
Ringen"

Svenney
    „Für Gastfreundlichkeit seid ihr bekannt,
Hier und dort, in meinem Land.
Ich sehe, ihr habt verstanden.
Sagt mal, wie kann man bei der Frau da
hinten landen.
Sie ist so schön wie gefallener Schnee,
sagt
Wer ist sie...
Sonst tue ich euch weh".

 Der Koch
Bernadette, ihre Mutter ist ne fette aber,
alle Wette.
Ihr Vater der ist Lette.

Sie ist ne feine Dame, nicht aus dem
Hause für arme.
Ne gute Partie, so eine Gelegenheit bekommt
Ihr sonst nie.
Dazu ist sie Single
HEY HEY BAND spielt jetzt einen Jingle...

Die Band tat es und der Koch fleuchte in seine
Küche und Svenney war rundum zufrieden.
Komischer Typ dachte er, genau wie der Wirt,
hier bekommt man nichts auf normalem
Weg, nur in Reimen muss man hier
schleimen, die sind doch gaga.

Aber Svenney hatte, was er wollte oder bald
zumindest, etwas Warmes im Bauch, was
Kaltes zu trinken. Tabak im Beutel für das
Pfeifchen danach, er überlegte kurz, ob er,
was, von dem feinen Plattentabak hatte, der
so gut roch wenn er ihn entzündete und von
dem er immer so blendend draufkam.
Das attraktive Fräulein das dahinten angeregt
mit sich selbst stand, er überlegte, woher er
sie kannte, er hatte sie gesehen, da war er
sicher, nur wo.
Er blickte zu ihr hin, sie schaute zurück aber
ohne Interesse.
 Svenney beließ es erst mal dabei, den der
Koch Höchstselbst schleppte Tablette, die
sich bogen.

Svenney besah sich die Schweinerei und
stellte fest, das es gut ward, die Keulen vom
Puter, der in der Region aber Turkey genannt
wurde, was in späteren Jahren der Begriff für
auf Entzug sein, von Drogen wurde.
Er schmatzte ordentlich, rülpste, was das
Zeug hielt, damals war das höflich und
Luthers Martin fragte einst in die Runde,
warum furzet und rülpset ihr nicht, hat es
euch nicht geschmacket!?
Dem Svenney hat es Geschmacket und
gefurzt wurde ordentlich, er hielt kurz inne,
im Rülpsen und furzen, den beim letzten
Ausstoß, der ein Krachen war, kein
Jammerton wandernder Darmgase, sondern
ein ordentlicher Röhrer, kam Land mit.
Ich bin gar nicht so groß, sitze aber
wenigstens nicht in, sondern auf der Scheiße.
Gut gelaunt nach dem ersten Krug Bier, dem
er einen weiteren folgen ließ. Damit der
vorher sich nicht verlaufe und im Begriff war,
ein dritten an zu setzen, der für den Brand
war, den er verspürte. Den der Haxen von der
dicken Sau, da war ordentlich Pfeffer dran.
Ein Krüglein Rebensaft, „den fein schmeckt
der Wein aus einem Krug von Stein," fiel ihm
ein, folgte und er bestellte einen weiteren.
Was uns sagt, der Erste wird gemundet
haben, den er verlangte die gleiche Sorte.

Zielsicher wandelte er in einer konzentriert
geraden Schlangenlinie, unter Ausnutzung
des gesamten Schankraumes, auf das Weib
zu, das ihm als Bernadette vom Koch benannt
wurde und kam eindrucksvoll und direkt vor
ihr zum Stehen.
Das sein Gesicht in Ihrem Ausschnitt lag, was
heißt fast, er hatte sein Antlitz mit diesem
Dekolleté schon vermischt, pikierte die als
Bernadette Angepriesene, was den Svenney
aber nicht störte.
„Küüs die Hand gnäääääädige Frau mei
Was sind ihre Augen Blau. Sprach er
Bernadette an.
„Mein Bustier gefällt ihnen offensichtlich"es
war Blau, das Bustier.
„Ich beneide es, trotz der harten Arbeit,
welche diese Halbschalen zu leisten haben,
würde ich mein Leben dafür geben, mit ihnen
zu tauschen".
„Ihr Dasein werden Sie sicher verlieren, wenn
sie weiter in meinen Ausschnitt glotzen" fügte
Bernadette hinzu, meinte es aber gar nicht so,
den Sie war kurz davor sich, sein Leben selbst
zu nehmen. Irgendwie fand sie diesen Kerl
widerlich, was er war, aber Svenney sah sich
anders, ungemein gelungen und man möcht
der Natur gratulieren, für seine Schöpfung.
„Fräulein, ich habe Sie schon mal gesehen,
weiß nur nicht wo und welchen Ortes, aber
wer Sie jemals sah, vergisst Sie nie mehr,...."

„Ich glaube kaum, das Wir uns je begegnet
sind", sprach die Bernadette.
 „Sicher" bekräftigte SoS, extrem
selbstbewusst, sonst wüssten Sie ja, genau wer
ich bin!
Egal Svenney O´Shea aus Dublin, stellte er
sich vor und Sie sind Bernadette.
„Wer hat euch das gesagt".
„Wer sagt, das es mir, wer gesagt hat",
konterte der Sohn des alten O´Shea".
„Wer außer euch kann einen solch schönen
Namen bekleiden und der war das Erste, was
mir einfiel, als ich euch sah."
Das zweite das Svenney auffiel, als er sie sah,
sprach er zum Glück oder hoffentlich nicht
aus. Er stellte fest, dass diese Frau
außerordentlich teuer, und edel gekleidet
war. Ihre vornehm makellose weiße Haut,
Alabaster, wie feinster italienischer Marmor,
nur durch rote Adern durchzogen, bedeckt
von zarter Spitze und ein Umhang aus edlem
Samt, mit goldenen Stickereien, der riesige
Reifrock, zeugte von Reichtum, von Stand
und Macht, edles Geblüt.
Er begutachtet den Rock wie ein Kenner, ein
Schneider gar Bildhauer und er betrachtete
ihn lange und ausgiebig. Nicht der Stoff oder
Schnitt fesselte ihn, das Material, die Schnüre
und Bänder, sondern er stellte sich vor, ob
unter dem Gewand, der volle Zugriff galt.
Wird eine Schicht Unterkleid, eine Lage dies

und jenes und dann sich erst die Unterwäsche
befände. Dem dann darunter widmete er
seine leidenschaftlichsten Gedanken.
„Was seht ihr mich so an" ? Unterbrach Sie
des Svenney Hirnakrobatik, der sich
vorstellte, das wenn diese Schenkel und
Waden ebenso weiß waren, wie ein Glas
Milch mit einem Tau von Honig. Schwarze
Seidenstrümpfe, angenehm aussehen würden
und eine Symbiose mit ihrem Schamhaar
eingehen würde, das wie gesponnen Seide in
dem Kerzenlicht schimmern würde, in dem er
Sie nehmen wird. Er hoffte auf seiner Kammer
würde der Wirt eine Kerze bereithalten, den
Öllampen bereitete ihm Migräne und da war
er unleidlich.
„Was seht ihr mich so an".
„Wie"„ so durchdringend, man könnte
meinen, ihr zieht mich aus, mit diesem Blick"
„Geht das" fragte Svenney geistesabwesend
und dann etwas Törichtes, Ma´ am verzeiht
die Band, scheint gewechselt zu haben,
irgendwo schreit ein Kind, während die
Amme an Saiten reißt oder so, wie mir das
vorkommt.
„Ach das wird der Barde sein, den Sie hier
haben, von überall her kommen die Kenner
der Musik und lauschen seinen Erzählungen,
auch wenn alles nur Spinnerei ist, die
Geschichten eine Mär aber er trägt sie gut vor.
Was? Die Kutschen und Gespanne quälen

sich den Weg entlang, um das da zu hören,
wer in Dublin so schräg singt, wird vor dem
Wirtshaus in den Baum gehängt.

Wohlan dann lasset uns doch zu dem Barden
gehen, ihm lauschen, sicher fällt mir ein, wo
unsere erste Begegnung war, und ich hätte
euch gerne in meiner Nähe, wenn es mir
einfällt.
Galant wäre geprahlt aber für einem O´Shea
doch beachtlich, bot er Bernadette den Arm
und wollte Sie auf eine Bank, die dem Barden
nahe stand geleiten, da trat ein edel
gekleideter Geschäftsmann zwischen die
beiden und raunte, „Sir diese Dame ist mit
mir hier, gestatten Smith aus Gatewick"
„Nicht mehr Herr aus Gatewick, ich komme
aus Dublin, einem Dublin von einem anderen
Planeten.
 O´Shea, Svenney O´Shea können Sie morgen
in ihrem Pub in Gatewick prahlen, haben sie
getroffen, keinen geringeren und nun gehen
Sie aus dem Weg, ich habe mich um diese
Lady zu kümmern.
Smith stand ohne alles, vor allem ohne
Argumente im Raum, den zu durchqueren,
um den beiden zu Folgen ihm so spontan
nicht einfiel.
So blieb ihm nur dieser Standort, und eine
Kinnlade, die ihm aufklappte und wieder zu,
damit er sie erneut aufklappen konnte.

Als Svenney der Dame an seiner Seite,
charmant den Platz anbot, indem er sie auf
die Bank drückte, sich neben sie setzte, hatte
er den Fremden aus Gatewick schon
vergessen.

Der Barde begann.

„Tingeling tiiin Ting von dem Schatz ich
sing
deheeem Schatz, den ich besing.

Tue ich hier jetzt Kunde, bin mit Gott im
Bunde
Bezeuge in dieser Runde.

Diiiing Dooong, der Schatz ist Rot,
der Schatz ist Rot.
Er frisst kein Brot
Ding Dong der Schatz ist rot aber,
suchen tut jetzt not.

Unter dem Stein vom Patrick
Den Hinweis gern hätt ich.
Hast Du ihn gefunden,
bist du nah dem Runden,
denn der Ring, der ist zu finden,

ich selbst habe ihn gesehen, bei einem
Blinden.

Der ihn mir dann gab,
ich versprach auf sein Grab,
setze mein Gaul in den Trab,
der Blinde dem Tode erlag.
Ich hatte gelogen, kein Pferd,
um zu reiten, den Bogen, den weiten.
Nach Olbay an der Küste die Wogen zu
sehen,
ich zog vor, zur Festung der Huren zu gehen,
und da ist es geschehen.

    Den Ring hab ich seitdem nicht mehr,
    trage daran recht schwer.

Ich habe gehurt.
Den seid meiner Geburt,
folgte ich jeder Furt,
die in ein Hurenhaus lud,
dem Weib zu erliegen, sie zu ficken mich an
ihr zu schmiegen.

Den Wein aus ihrem Nabel zu schlürfen,
ja das werde ich dürfen.
Den Wein ich aus anderen Löchern genoss,
mir beinah die Mama San in den Kopf,
einen Pfeil schoss.
Dann habe ich sie genommen, dafür hätt
Sie 10 Pfund bekomme.

Die aber hatte ich schon der Maria gegeben,
sie hat 3 Nächte in meinem Bett, mit mir
gelegen.
    Gelenkig und so behände, sie hatte so
zarte Hände und ihr Mund brachte mich so
oft zu Ende.
 Es floss Schweiß beim Liebesspiel so heiß,
alles hat seinen Preis wie jeder weiß.
So ruinierte mich die Mari, nur genug hatte
ich nie.

Die Mama San die Mama San, die vieles so gut
wie Ficken kann.
Ich zog mich schnell an und wollte
entweichen, da traf mich am Kopf ein Klotz
aus den Eichen.

Ich ging zu Boden,
ein Griff an die Hoden.
Da war ich gefangen und dann hat sie mich
aufgehangen.

Gib mir mein Geld und ich verschone dein
Leben,
den sonst bleibst Du Lump für immer da oben
Kleben.
Ich sagte Nein, was soll das sein,
Mama San schaute Bös,
 sah ich es dann halt ein.

Mein Ring ich ihr gab, der Wert tausendfach
ich wollte aber runter, raus aus ihrem
Gemach.
Doch Sie hielt mich in Schaaaaach.

Gib her das Ding, bringt mir kein Gewinn,
ich habe aber mehr Geld im Sinn.

So sprach sie es laut, bring mir den Zaster ...
sonst bekomme ich einen Ausraster.

Geh hinfort, Du dummer Mann und beeil
dich und schaffe die Kohle hier ran.
Bringst Du mir die Zeche plus den Obolus,
aus Bleche,
dann seh ich davon ab,
aber sonst ich mich räche.

So ging ich von dannen, aus dem Hurenhaus,
und stand unter den Tannen,
Wie ich so blickte, neben mir mehr
Geschicke, das hat man vom, zu vielen
Geficke.
Da standen wir da ohne Geld und Hose,
vom Untergewand der Bund war lose.

Doch nichts dauert ewig lange, mir war es
nicht bange,
den es war eine schöne Zeit, bevor es begann
mein Leid.

Weil das Geld nicht mehr im Beutel wahr den
Huren komm ich immer zu nah.

In ihrer körperlichen Perfektion
und für die Erektion, ich es gab dem
Hurending
Die mit meinem ...., zu spielen an fing.

Steh ich hier draußen,
neben den anderen Flaschen, linksaußen.
Kann mir gar nichts mehr kaufen,
nicht mal was zum Saufen.

Die neben mir Fragen,
kann ich mir versagen, den eines ist gewiss,
denen blieb nicht mal ihr Gebiss.
Wofür die Mama San am bekanntesten
isssssssss (der Barde zog den Ton extrem
lang)

Ich tapperte eins, zwei, drei
Bis hierher ins Antrim , aber das ist einerlei.

Den Schatz besessen, doch kann ich's
vergessen?
Den, den Schlüssel am Ring, bei diesem
wilden Ding.

Nur dieser Ring, der mir verging, obgleich ich
so wahnsinnig an ihm hing.
Bringt einen anderen als mich hin.

Zum Schatz, dem Schatz der Schätze,
bewacht von nem Typen mit Krätze,
mit Füßen, die stinken wie Jauche,
weshalb ich das Wort Monster gebrauche,
mit Händen so groß wie Bratpfannen, die
jeden Faustkampf gewannen.

Einem Kopf wie eine Kartoffel, verbeult,
hässlich und schofel.
Beine wie Baumstämme, wenn sie dich
Treten, reißen in den Augen, die Dämme.

Aber hast Du den Schlüssel den Letzten,
wird er Dich nicht zerfetzen,
den dann wird er wissen, du weißt es das
Geheimnis, dass nicht mehr geheim ist.

10 Schlüssel und Orte musst Du finden.
Drum besser Du gehörst nicht zu den
Blinden.

Deine Augen sie werden fragen.
Deine Beine werden dich tragen.
Deine Arme müssen sich wehren.
Du selbst sollst jeden Hinweis ehren.

Denn niemand verschenkt einen Schatz,
und ohne Reim beende keinen Satz.
Nur wenn Du mutig und stark
Du glaubst diesem ganzen Quark,

entrinnst dem Sarg und bekommst
obendrein, mein Schätzelein.
Zuerst wirst Du Dich sputen.
Bei der Mama San die Schulden bluten.
Vergesse nicht, einen Obolus zu geben,
sonst wird sie Dir eine kleben.
Statt dem Ring, dem himmlischen
Ding, den Du dann gleich zum mir bring.
Und gemeinsam gehen wir dann fort um zu
Suchen
Den Schatz und ohne zu fluchen, den ein
Greif.
Der allein den Abschnitt kennt, den man
unbedarft verpennt.
Und falsch abzweigt, weil man dazu neigt.
Fehler zu machen und andere dümmere
Sachen.
Der Greif ist ein Teil der Navigation.
Schwer zu glauben, aber was bringt es schon?

Fasse Dir ein Herz dies ist kein Scherz.
Der Schatz existiert, doch der Preis ist Dein
Schmerz.

Doch wirst Du ihn finden, kannst Du heilen
die Blinden.

Und wenn das nicht stimmt, weil die
Geschichte es nimmt,
dann kannst du Dir alles leisten,
und vom Besten am meisten .

Bring mir, oh bring mir den Schlüssel her, das
Warten endlich vorbei wär.

Dieses Lied ich zum tausendsten Mal singe.
Damit mal einer von euch ginge den Schlüssel
zu holen.
Es ist nicht gestohlen, singen Amseln und die
Dohlen.
Den als Pfand er der Mama San vermacht, sie
ihn auslöst, wenn Du meinen Gruß erbracht.

Oh bring mir, oh bring mir den Schatz.
Und jetzt alle ....

Oh bring mir, oh bring mir den
Schaaaaaaaaaaaatz

Ja   briiiiiiing miiiiiiiiir den
Schaaaaaaaaaaaaaaatz

Applaus beendete die abendliche Darbietung
des Barden, alle lauschten ergriffen und
Svenney würde bewegt lauschen, wenn er
nicht abgelenkt wäre, von den beiden Brüsten
der Bernadette, die sich in seiner Phantasie
miteinander und über Svenney unterhielten.
Natürlich wusste ein O´Shea, das sich
Oberweiten nicht einträchtig zu unterhalten
pflegten, aber der Gedanke war angenehm

und so behielt er ihn, während der Barde
seine Ode an den Schatz röhrte.

Die Gedanken sahen so aus:
„Was für ein attraktiver Gentlemen“, sagte die
Linke.
„Ja, wundervoll und diese Ausstrahlung“,
sagte die Rechte.
„Ob er mich gerne berühren würde,“?
Fragte die Links stehende.
„Ja so in die Hand und quetschen“, sagte die
Rechte.
„Meinen Nippel drehen, einmal ums sich
selbst“, sagte die Links.
„Ja, bis er zu reißen droht und dann dieses
Prickeln einsetzt“, bemerkte die Rechte.
„Mich dürfte er beißen, seine ebenmäßigen
Zähne in mein Fleisch schlagen“, ergänzte die
Linke.
       Ja jaaaaa und den Nippel saugen, bis er
hart wie Stein ist und dran ziehen, stöhnte die
Rechte,
       „und dann hinter dieses Weib stellen
und uns beide von hinten an den Leib
quetschen, winselten beide.
„O´Shea, wo starren Sie hin,“ wurde Svenney
in seinem Gedanken aus eben diesem,
Vertrieben und wurde sich bewusst, das die
beiden die eben im Dialog standen, jetzt in
ihren Körbchen zu schlummern schienen.

„O´Shea, ihnen rinnt ja der Speichel vom
Kinn" benehmen Sie sich, man schaut schon
hierhin".

   „Das reimt sich aber hübsch, edle
Bernadette , wie wohlklingend Ihre Stimme
ist, auch wenn Sie Unsinn reden, ich war ganz
bei dem Barden und seinem Lied über Huren
und den ganzen schönen Sachen, die er
besang, wieso hat er aufgehört?"
„Er war fertig" antwortete Bernadette.
„Ja so sah er auch, auch ganz schön
mitgenommen, ich glaube, er raucht Gift
Umanach oder nascht am Stechapfel, so wie
der aussieht."
„Ich glaube eher, Ihr seid solchem Kraute
geneigt, klar im und beim Verstande seid ihr
keineswegs, „ stellte die schöne Lady fest.

„Iiih bewahre, bin von Natur, so wie ich bin,
kann CO 2 sehen, auch wenn ich gar nicht
weiß, was das ist und sein soll. Aber es ist
überall um uns, in der Luft und ich ahne, dass
es später, einmal wenn es uns nicht mehr
gibt, für allerlei zuständig sein wird und das
nicht im Positiven.
„Sagt holde Bernadette , habt ihr schon mal
von einer Greta gehört?, Dieser Name taucht
immer wieder in meinen Visionen auf, wenn
ich dieses CO2 von dem ich nicht weis, was es
ist, sehe".

„Nein" antworte Bernadette ehrlich und
schüttelte ihren Kopf und tippte sich
bedeutungsvoll mit dem Zeigefinger an die
Stirn.
„Ihr Augenabstand stimmt nicht und
ansonsten, der möchte ich nicht begegnen,
unheimlich das Kind"
Bernadette beschloss nichts zu erwidern, der
Svenney wird sich sonst ermuntert sehen und
weiter blödes Zeug reden, was er zu gerne,
trotzdem tat.
„Wovon hat der Barde gesungen, schöne
Frau", nahm Svenney nach quälenden
Sekunden des Schweigens den
Gesprächsfaden wieder auf. Er wollte
Bernadette in ein Gespräch verstricken, um
sie zu verheddern, in der Hoffnung das sie
sich heute hingäbe. Den der Dialog ihrer
Milchdrüsen, machte ihn scharf, weil er fest
daran glaubte, er habe stattgefunden, da
dieser so realistisch war und beide Brüste ihn
so vortrefflich, als charmant und attraktiv
beschrieben.

„Er besang einen Schatz, den er zum Greifen
nahe hatte, zumindest was die nächste
Prüfung betraf.
Leider hat er den Schlüssel, den er benötigte,
um näher zu kommen, in einem Hurenhaus
versetzt deren Rechnung er nicht begleichen
konnte und das da noch mehrere Schlüssel

sind und das der Schatz unermesslich
wertvoll ist.
Und vor allem real existiert und ich alle
Details weiß und dem ersten besten, der mir
diesen Schlüssel wieder bringt, an diesem
Schatz zur Hälfte beteilige" unterbrach der
Barde die Unterhaltung, zum Missfallen von
SoS.
„Wer seid ihr?" Svenney war zu versunken in
die Milchtheke der Frau, in die er sich zu
verlieben gedachte. Als das er dem Barden
irgendwelche Aufmerksamkeit geschenkt
haben würde, was er beim Fehlen dieser
Milchbar nicht getan hätte, weil er mit dem
Gedanken beschäftigt gewesen wäre, warum
diese wundervolle Frau keine hat.
Svenney war großen Oberweiten, zugetan, er
liebte es sie auf seinem Kopf, zu spüren, was
ihn beruhigte. Am Liebsten hätte einen Busen
als Hut getragen, fand aber keine
Eigentümerin, die sich bereit erklärte einen
der Ihren, für ihn abzugeben, bedauerlich.
Gleichzeitig dachte er, das Thema Haltbarkeit
sei ein Argument, diesen Hut nur als Traum
im Herzen zu tragen, anstatt auf seinen Kopf,
wohin ein Hut zweifellos gehörte.
An heißen Sommertagen müsse er diese
traumhafte Kopfbedeckung ohnehin zu Hause
lassen, weil der Geruch von angebrannter
Milch, nicht dazu angetan sei, gute Laune zu
erhalten, eher schlechte zu erzeugen.

Svenney erinnerte sich an seine Kindheit, als
es einmal schrecklich nach verbrannter Milch
stank und er seine Mutter fragte, die ihrem
Sohn aber niemals zuhörte oder ihm
andererseits Aufmerksamkeit irgendeiner Art
schenkte, „Mama was stinkt den so
entsetzlich, nach verbrannter Milch" und die
Angesprochene geistesabwesend antwortete,
jetzt nicht die Amme hat Fieber und der Bub
diese Antwort für bare Münze nahm.
Der Barde war, während Svenney seinen
Gedanken nachhing, mit Bernadette ins
Gespräch gekommen und diese schon
unendlich aufmerksam sie klebte an den
Lippen des Barden.
Kurze Zeit nur, später hing etwas anders an
des Sängers Schnute, und zwar eine flache
gestreckte Faust, die Svenney gehörte und
dieser sie in der Absicht, das sie die Lippen
treffen würde und diese dann anschwellen,
dorthin verbrachte.
Wie meistens, wenn Svenney diesen Trick mit
der gestreckten Hand anwendete, passierte
das beabsichtigte. Die Lippen des Barden
wurden Rot, groß und größer und die obere
platzte keck, worauf sich ein Blutklecks aus
dieser Umgebung löste und in das üppige
Dekolletee platschte und wundervoll aus sah.
Bezaubernd in seiner Rundheit und weswegen
späteren Datums viele Frauen sich einen
solchen Schönheitsfleck zulegten und diesen

gerne an ihren Auslagen befestigten. Vor
allem an den Wangen und im indischen
Archipel, da wo man so lustigen und vielen
Göttern huldigte, einer der aussah wie ein
Elefant und den drolligen Namen Ganesh
führte, sich auf die Stirn klebten.
Svenney war hingerissen, zu gerne hätte er
ein Foto gehabt, aber weil der Vater von
Daguerre so unglaublich schüchtern war, um
eine Frau anzusprechen und dann einen Sohn
zu zeugen. Der Großvater, lebte zu jener Zeit
gar nicht, was dumm war, denn genau dieser
Mensch war es, der die Daguerre Typen
erfand, die damals schon leidlich, diesen
Blutfleck, der sich als Schönheitsfleck
verkleidete, hätte in ein Bild bannen können.

Leider konnte der Svenney nicht viel, vor
allem nicht malen und so wird diese
Erinnerung schon bald verschwinden. Wäre
da nicht dieser Daguerre, der später Ladys,
die einen Schönheitsfleck trugen,
photographierte. Wie der Fotograf von
Mahatma Gandhi's Frau, die genau wie ihre
Tochter Indira Gandhi einen solchen mitten
auf der Stirn trug, was absolut und gar nicht
so schmückend wirkte wie die
Schönheitspunkte die Europäische Frauen,
ganz wo anders anbrachten.

„Ihr starrt" wurde Sveeney aus seiner
bewundernden Betrachtung gerissen.
„Was habt ihr dem Barden angetan, warum?
Fragte die ihn aus seiner faszinierten
Begutachtung reißende Stimme.

„Ich" warf sich Svenney in die Brust.
„Ich habe eure Ehre verteidigt, indem ich
diesen Wüstling der euch belästigt hat, die
Gosche geschlossen habe"
„Dieser Mensch hat mich nicht belästigt"
„Halleluja, das meine Methode wirkt, eine
Belästigung zu unterbinden, war ich gewiss.
Aber das sie rückwirkend eine Zudringlichkeit
gar nicht entstehen lässt, Madame ich weiß
ihr könnt mir nicht genug danken. Ich bin
bescheiden und sicher gibt es etwas, das ich
euch nicht und niemals abschlagen könnte,
wenn ihr es mir aufdrängt".
„Wie...was, ich euch aufdränge, abschlagen...
ich versteh nicht" stammelte die Bernadette?
„Seid gewiss, dass ich Mylady niemals in eurer
Ehre kränken werde, wenn ihr den Schoß mir
offenbart. Mit Freude werde ich euch in der
Kammer annehmen und genießen, was
immer ihr meinen Lippen und Fingern
anbietet. Egal ob ich es streicheln, liebend
kosen oder hart behandeln soll, euer Dank
wird meine Lust sein. Ja ich bin mir bewusst,
dass ich ihn verdient habe und ihr mit eurer

Anbietsamkeit aufrichtiger Dankbarkeit mir gegenüber, richtig liegt.

Bernadette, die es gewohnt war, das letzte Wort zu haben, klappte der Teil des Gesichtes herunter, der am Kauknochen, dem Kiefer unterhalb befestigt war. Welcher es ermöglichte Speisen durch Kauen zu zerkleinern oder zu einem wiehernden Lachen, andernfalls wenn man ein Pferd imitieren wollten, nach unten zu gleiten, und wieder hochgezogen werden konnte.

Svenney betrachte dies als eine ortsgebundene Geste die Zustimmung ausdrückt, und zog Bernadette nah an sich heran.
Diese hingegen, beeilte sich einen Schritt, Distanz zu gewinnen. Später einmal wird von einer Bürgermeisterin einer deutschen Domstadt, von einer Armlänge Abstand gesprochen werden. Deren Einhaltung und Distanz verhindern soll, dass Finger in Kleidungsstücke, vor allem unter solche oder sogar Körperöffnungen gleiten, die dort nicht hingehören und außerdem nicht erwünscht sind. Sie entließ ihre flache Faust, die sich wahnsinnig schnell von links näherte und dem Svenney das Ohr traf.
Dieses schwoll sofort an, auf die Größe einer Gummibettflasche und sah unschön aus.

„Welches Temperament, was für eine Eile und
gleich hier".
Wartet doch wenigstens bis wir in meiner
Kammer sind, wenn ihr auf das von mir
angedeutete Vorspiel keinen Wert legt und
gleich zur Sache kommen wollt. Woher kennt
ihr meine geheimsten erregenden Vorlieben"
fragte Svenney, bevor er hinzufügte, es in der
Öffentlichkeit zu tun gehört zwar nicht dazu,
aber für euch ....
Flaaaaaatsch und das andere Ohr ähnelte
dem Ersten, es sah aus wie eine Bettflasche.

Da trat ein Smith aus Gatwick, in die sich
dem bildhaft denkenden Leser, entstehende
Szene und sprach den Svenney an.
„Ihr seid ein Rüpel sprach er, ein ungebildeter
ohne jede Manieren"
Auf Manieren reimt sich Nieren und genau in
die bekam er vom Svenney einen Tritt. Jener
der von Konversation, die auf eine Klopperei
hinausläuft, wenig hält und lieber gleich zur
Sache kommt, dem Schlagabtausch.
Der erste Tritt schien nur leidlich zu wirken
und so gab er seinem innersten nach und
holte zu einem zweiten Kick aus. Dieser der
genau das erwartete Tat, Smith aus Gatewick
einige Oktaven höher singen zu lassen. Den
dieser Tritt zielte nicht nur leer drohend,
sondern er landete vernichtend, genau in den
Kronjuwelen. Welcher sich Smith schon

sicher wähnte, späteren Abends der
Bernadette vor das Gesicht zu halten, was ihm
immer Spaß machte und Bernadette dazu
zwang ihren Mund wenigstens eine Weile zu
halten. Die Damen wissen viele Weisheiten,
wie „Ladys kneifen sich, Huren benutzen
Rouge" und das man mit vollem Mund nicht
spricht.

Da lag er, Smith und jubilierte, während beide
Hände in seinem Schoß zu verhindern
versuchten, dass der Beutel platzt, in dem er
seine Männlichkeit mit sich herumschleppt,
nur bis zu diesem Tage den es war zu spät.
Die Macht des Stiefels.

Doch es kamen Verschiedene, welche die den
Smith kannten und mochten. Andere, die
Bernadette in Gefahr sahen und Typen aus
Gatewick, die irgendeine Art von Solidarität
zur Schau tragen wollten und dann, welche
die keiner Klopperei aus dem Weg gingen.
Bald schon war ein wüstes Gemenge, vor
allem von Fäusten, Händen und Tritten von
Füßen im Gange.
Nasen brachen mit einem Elan, wie
Schnittwunden bluteten, man war nicht
zimperlich und kein Waffengesetz regelt
irgendwelchen Besitz. Man setze ein, was es
gab und so mancher hatte sogar einiges zu
bieten, an Artillerie und schwerem Geschütz.

Zum Glück hatten die Chinesen im 13 Jahrhundert, ein Rohr mit einem runden Loch erfunden, mit dem man Feuerwerkskörper, die man ebenfalls in China entwickelt hatte, verschießen konnte, aus dem sich 100 Jahre später das erste Gewehr ergab. Dieses Wort entstammte dem altdeutschen „weri", was so viel wie Befestigung oder Verteidigung bedeutete. Durch Kollektivbildung entstand daraus das Giweri und aus diesem das Sammelwort Gewehr, das zu oft mit Gewähr verwechselt wird. Wenn ein gut platzierter Schuss durchaus die Gewähr gab, dass der Getroffene aus dem Leben schied.

Zum Glück deswegen, weil Handgemenge unendlich lange Dauern und ich jetzt hier die Boing Patsch, Smeeeerl Laute schreiben müsste, um dem Gemenge eine gewisse plastische Bildsprache zu geben. Damit der geneigte Leser sich nicht langweilt. Da dies kein Comic wird und mir Disney sicher nicht, Paris, Rom oder wenigstens Warnemünde als Gegenleistung für meine Buchrechte anbieten wird, erzähle ich die Geschichte eben richtig und die verläuft so.

Es klatsche fröhlich weiter, es wurde geflucht, gedroht und so mancher Knochen gab derber bis roher Gewalt nach und brach mehr oder weniger sauber. Arme wurde gedreht und einige Schädel gespalten, während die Band

die den Barden abgelöst hatte, munter als
wäre gar nichts weiter vor sich hindudelte.
Die Klopperei kam heute recht spät und man
froh das sie da war, den sie ist ein wichtiger
Bestandteil dessen, was man später
Entertainment nennen würde, hier aber
Programm war.
Svenney hielt sich recht wacker und tapfer
stellte sich schützend vor seine Liebste. In
dem festen Glauben, dass der Dank, den er in
ihrem Herzen anhäufen würde, sicher der
Grund sein wird, die nächste Nacht und den
nächsten Tag und und so weiter nicht
schlafen zu können. Weil das, was sie ihm als
Danksagung zum Geschenk machen wird,
sicher allerfeinster und abwechslungsreicher
brutaler Koitus sein wird. Der so Gott will, in
keinem Interruptus enden wird, was dumm
wäre, vor allem wenn der Akt der Begierde
erst wenige Sekunden alt ist.
Aber Svenney Erfahrung lehrten ihn, dass der
Koitus, oft Interruptus hat, weil entweder
seine Erektion ebenso schnell
zusammenbrach, oder eine Eruptus in
Samenform, die extrem vorzeitig seinen Weg
fand, das Liebesspiel abbrach. Weil ein Man
dessen Patrone gezündet hat, keinen
Gedanken an sich anschmiegen
verschwendete, das Wort Kuscheln überhaupt
nicht kennt und der nach seinem Erguss am

liebsten nur eins zu Wege brachte, sich umdrehen und einschlafen.

Alles andere währe unredlich und ein Vorspielen falscher Tatsachen, was den betroffenen Damen später Herzeleid bescheren würde. Denn wenn sie herausfinden, dass das Nachspiel nur geheuchelt war und aus dem Drang entstand, ein erneutes Vorspiel zu generieren. Auf das der Mann so gar keinen Wert legt, weil es ihm nur um den Hauptakt geht, der dann ohnehin wieder wahnsinnig schnell vorbei sein wird. Die Dame die man eben beglückte ein gehässiges Lächeln entlockt, ob des zusammensinkenden Lümmels dessen Härtegrad nicht mehr ausreicht, um kraftvoll in die Lenden der Lust zu versinken. Eine berserkerhafte Potenz vorzugaukeln, oder dessen Patrone so früh das Pulver verschoss, dieses gehässige Lächeln, das Svenney dann mit einem „Passiert Dir das öfter"vom Antlitz der soeben geschändeten wischte und ihr die Stellung, die sie damals als Frau hatte, deutlich macht.

Bernadette kannte Keile, Hauerei diese männliche Balzrituale, die zu dieser Zeit oft darin bestanden, dass Männer als Freier an die Tür ihres Schlafgemachs pinkelten. Eine Sitte die später Hunde übernehmen werden, aber zu welchem Zweck ist ebenso fraglich

und ungewiss, wie das urinieren an Türstöcke
verehrter Ladyschaft.
Es ist kein Fall bekannt, in dem eine junge
Dame sich vom Urin eines in der Brunft
befindlichen Verehrers angetan fühlte.
Auch wenn später im 21 Jahrhundert Filme
mit dem Arbeitstitel, angepisst oder the
golden Shower erscheinen die frech das
Gegenteil behaupten.
Ebenso wie der obszöne Text eines
schrulligen Barden aus Illinois der es so in
den Raum stellt,

> So I went out 'n' bought me a leisure suit
> I jingle my change, but I'm still kinda cute
> Got a job doin' radio promo
> An' none of the jocks can even tell I'm a homo
> Eventually me 'n' a friend
> Sorta drifted along into S&M
> I can take about an hour on the tower of
> power
> 'Long as I gets a little golden shower

und sich von den Tantiemen seinen
Geburtsort und eine Gitarrenfabrik kaufte
und dann gar nicht dort leben wollte und
Frank Zappa geheißen hat, und wie es auf
seinen Schallplatten heute zu lesen, steht.

Sorgen mache ich mir um den Begriff Eau de
Toilette, den Männliche sich gerne hinter die
Ohren schmieren. Auch sich sonst damit
überschütten, angeblich um nach der Rasur
die Haut zu desinfizieren, eher aber weil es
besser duftet, als der eigentliche Kerl.
Eau aus dem französischen Wasser Toilette
bedeutet das gleiche und was kommt in einen
Lokus hinein?
Es erklärt, warum die Wässerchen von
Lagerfeld oder diesem Joop so entsetzlich
schwul nach, Sex auf einer öffentlichen
Toilette riechen, einer Mischung aus Sperma
das aus einem soeben penetrierten
Darmausgang, röchelnd um Luft flehend in
eine Pfütze Pippi fällt.
Ein Knall, dann 2 und ein dritter war zu
vernehmen, wobei einer davon die Klopperei
und das Leben eines dummerweise in der
Bahn des Projektils Sitzenden, welches den
Lauf des Gewehres verließ, zu Ende brachte.
Vereinzelt beendeten einige Fäuste die
Distanz von wo sie losgeschickt und wo sie
dann einschlagen sollte, gefolgt von einem
Geschrei oder Fluchen.
Aber an sich kam Ordnung in das Gemenge.
Svenney, der sich beschützend hinter
Bernadette gestellt hatte, und zwar sich selbst
schützend, kreiselte herum und nahm sich
seine Angehimmelte und suchte in ihrem

Blick, die Anerkennung, die er zweifellos
verdient hatte.
Die beiden Ohrfeigen, welche ihn aussehen
ließen, wie den indischen Gott der Artisten
und Kreativen, Ganesh von dem ich schon
berichtet habe, hatte er längst vergessen. Er
verlor sich lieber in dem Schönheitsfleck, der
einen mächtigen Busen zierte und der von
ihm alleine geschaffen worden ist, zum
Nachteil eines Barden, dem heute nicht sein
Glückstag zu sein schien.

Allerdings machte die Lippenvergrößerung,
die grausam schmerzte und die aufgeplatzte
Oberlippe, in der ein Schneidezahn hing, ihm
zu schaffen, und zwar gewaltig. Zum Glück
würde dieser Schmerz sich schon bald legen,
wie ich euch zu erzählen, kann, und so sollte
man dem Barden beglückwünschen.
Aber nicht zu arg, den der Umstand, der zu
dieser völligen Befreiung der Schmerzen
führen soll, kostet einiges, diesem Barden das
Leben.
Den die Kugel die nicht ausgelegt war Bögen
zu beschreiten, sondern immer geradeaus wie
ein hehrer aufrichtiger Gedanke, dachte gar
nicht daran vor dem Barden zu bremsen.
Vor allem deswegen weil eine Kugel ein
dummes Stück Blei war, nicht fähig über
irgendetwas nachzudenken, nicht zu stoppen.

Das taten meist nur die Personen, die von der Kugel getroffen, ihren Weg nicht mehr fortzusetzen in der Lage waren.

So wie hier und jetzt, eben den Barden.

„Er lebt noch er lebt…. helft ihm" schrillte die Stimme der aufgebrachten Bernadette, die dann hilflos ansehen musste wie Svenney dem Barden zu helfen gedachte, indem er seinen Schädel zertreten wollte.

„Warum soll er leiden" fragte der O`Shea und beneidete den Barden, den Bernadette auf ihren Schoss gebettet hatte, sein Gesicht streichelte und ihre Auslagen über seinen Kopf hängte.

„Er weiß wo ein Schatz ist, zischte sie ihn an, er hat eine Karte, hat er mir gesagt. Er weiß wo der erste Schlüssel ist und Hinweise zu finden, bevor er mir alles sagen konnte, habt ihr hier eine Keilerei veranstaltet und nun ist alles verdorben, ich hasse euch."

„Nana, nicht so stürmisch ein bisschen müsst ihr euch gedulden Liebes, ich mags nicht so hier in der Öffentlichkeit, lasst uns …

„Blöder dummer, Depp herrschte sie ihn deprimiert an, Dich lass ich nicht mal an mich, wenn man euch mir nackt auf den Bauch binden würde, ein Gedanke der Svenney zu reizen begann.

Machtlos, eifersüchtig musste SoS ertragen, dass die Liebste, seine Bernie, wenn sie auch nicht die seine war, aber alleine das er sie als

diese, seine Bernadette wollte, reichte aus so
intensiv für sie zu empfinden, dass Eifersucht
seinen Magen entleerte. Da er hilflos ansehen
musste, wie seine Angebetete diesen fiesen
man an ihrem Busen wogte, ihn herzte, sich
zu ihm beugte, übermannte ihn die
Eifersucht.
Bernadette hielt ihr Ohr an seine Lippen und
für Svenney war es unerträglich. Wie er der
Siechende an diesem Ohr, das ihm gehörte
oder zumindest gehören würde, wenn er
Bernadette erst willig und hörig geritten
hätte, zu knabbern schien, es liebkoste oder?

Eine Ewigkeit für den leidenden Svenney,
dem sich ein Hohnlächeln ins Gesicht schlich.
Das zu seinen schrecklichsten Grinsen
gehörte, den gehässigsten, die er jemals
gegrinst hatte, als er sah, dass der Barde zu
beben und zu Zucken begann, was sein nahes
und rasches Ende andeutete.

Wie das Zucken und Beben das Beenden
vorhersehbar machte, so beendete es das
Leben des Barden, sanft. Nur mit Ausnahme
der spastischen Schüttellähmung und das der
Schmerz ihm die Augen aus den Höhlen trieb
bis eines nur am Sehnerv, seitlich aus der
Augenhöhle hing.
Der Schaum vor dem Mund, der von Blut
abgelöst wurde, das sich aus der Leibeshöhle

durch die Kehle wand und für Umstehende
erfreulich, dieses furchtbare Röcheln und die
Schmerzlaute, sanft erstickte. Weil ein
Teppich blutigen Schaums sich um diese
grässlichen Laute legte und diese abwürgte.
Ein letztes rollen mit dem verbliebenen Auge,
das andere zuckte am Sehnerv ein Mal auf
und ab, da war dahin.

Rüde ergriff Svenney die sterbliche Hülle und
schleifte den Kadaver angewidert zur Tür,
„Du kommst meiner holden nie wieder so
nahe, du Kanaille" öffnete die Tür und
achtete, das der Leichnam in tiefen Dreck
fuhr und dort liegenblieb.
Er ging forschen Schrittes ins Wirtshaus
hinein, auf seine Bernadette zu, die unter
Schock zu stehen schien und er sprach zu Ihr,
„Sorge Dich nicht mein Kind, mir ist nichts
passiert, Du bist gerettet dieser wüste
Hurensohn, wird niemals mehr seinen Mund
in Dein Ohr stecken, dich belästigen ...

„Halt endlich den dummen Mund, du
verblödeter, primitiver Versuch, einen
Menschen darzustellen, worauf Svenney nur
erleichtert das seine Göttin, wieder nur für
ihn lebte, trillerte.
„Wie schön wir sind beim DU, das spart Zeit.
Komm Schatz, ich bin so gespannt, welche
Kammer ich mit Dir teile. Die Deine oder die

meine, mir ist es gleich, aber da man mir keine zugewiesen hat und ich daher nicht auf das eigene Gemach bestehe, gehen wir zu Dir.

Bernadette aber ignorierte das Angebot, weil es nicht verlockend war oder die Situation im Moment doch eine recht Unangenehme war.

3. Der Plan

„Ich muss mit Dir Reden Dummkopf".
Komm, lass uns an einen Tisch gehen, wo niemand leicht belauschen kann, nicht zu nahe an der Musik, die fortwährend als sei gar nichts, geduddelt hatte.
Svenney der tatkräftige und entschlossene Damen anziehend fand, obgleich er sie lieber ausziehen würde, folgte ihr und so nahmen Sie Platz.
Die energische Frau kam sofort zur Sache, was Svenney durchaus gefiel, aber dann schnell in Missfallen umschlug, weil sie nicht zu der Sache kam, die ihm vorschwebte, sondern zu der Angelegenheit mit dem Barden.
Sie zwang ihn, zuzuhören, über das, was der Barde zu ihr gesagt hatte. Vor allem den Text

des Liedes, das er jeden Abend sang. Dass ihm
niemand glauben wollte, dass alle den Barden
für völlig bescheuert hielten, ein Gedanke an
dem Svenney gerne Zustimmung geäußert
hätte, währe Bernadette ihm nicht mit einem
strafenden Blick zuvorgekommen.
Sie erklärte dem O´Shea alles, was sie schon
vor diesem Besuch im Antrim heraus
gefunden hatte. Dass der Barde der Grund für
Ihre weite Anreise war, eine Mitteilung, die an
Fülle und Inhalt so gar nicht in Sweeney Ego
passte, denn er wäre gerne sicher, das sie nur
wegen ihm hier war.
Woher immer sie wusste, dass er heute Abend
hier sein würde, um nur sie hier zu treffen.
Was er vorher aber ja nicht ahnte und was das
Ganze so speziell so gezielt so besonders
machte und woraus man schließen musste,
das sie beiden für einander Geborenwaren.
Bernadette, lies nichts aus und wenn Sie
wenig Hoffnung hatte, das Svenney doch
zuhörte, sich interessierte oder zumindest
verstand, was Sie zu sagen hatte. So erklärte
sie alles erneut und immer wieder, ebenso oft,
wie sie das Gefühl hatte, bei SoS kam gar
nichts von dem an, was stimmte und oft war.
Bernadette schüttelte Svenney, damit er sich
endlich konzentrierte.
„Zum Lektor, wir müssen zum Lektor“
wiederholte sie sich.

„Gerne würde ich an eurem Tor lecken, aber
findet ihr das schicklich hier mitten im Saale"
„Au, das tut weh," Svenney meinte 5 Finger,
die einen Abdruck auf seiner Wange
hinterließen.
„Der Lektor, der Barde sprach von einem
Mann, der den Durchblick hat, den Plan von
dem Ganzen.
Er weiß wie jedes zusammenhängt, er hat
Ahnung wie alles verläuft, wie das Leben
funktioniert und wieso es endet. ER der
Lektor gab dem Barden das wissen, das er mir
nicht mehr anvertrauen konnte, weil Ihr
dummer Kerl, eine Hauerei inszenieren
musstet.
„Ich habe euch nur verteidigt, Teuerste, mein
Leben eingesetzt".
„Haltet den Mund und hört zu".
„Ach wieso wieder so förmlich wir waren doch
schon beim Du".
Bernadette verdrehte die Augen und sprach
geduldig, wie eine Pflegerin in einer
Irrenanstalt auf ihren Patienten einspricht,
...auf Svenney ein, was schwieriger war.
Es gibt einen Schatz, einen mächtigen, nicht
nur Gold Silber und jede Menge Geschmeide
und Scheffel voller Geld, sondern Tränke, die
heilen, die sehend machen, die verjüngen,
Salben und Cremes, die einen schöner
Aussehen lassen. Balsam für die Lippen, um
diese zu färben, und Bernadette zählte all

diese Dinge auf. Welche hysterische Amerikanerinnen, hinter einem Tisch stehend, auf dem diese Cremes, und Puder und Pasten liegen, während unter ihnen Einblendungen zu lesen sind, die eine fiktive Menge, meist nur wenige Stücke anzeigen, was den schwindenden Vorrat versinnbildlichen soll. Außerdem um den Anreiz schaffen, einige dieser vermeintlich schon bald vergriffenen Waren, käuflich zu erwerben, währen über einer weiteren Einblendung einer Bestellhotline eine Frau mit diesen grässlichen Tinkturen beschmiert, betupft oder komplett zugekleistert wird. Derweil die 2 Hyänen an dem Tischchen das alles sooooo waaaaaaahnsinnig suppi, fanden und dieses Einmumifizieren der drögen Dirne im anderen Bild unablässig kommentieren. Das ganze mit Gesten und rollenden Augen untermalend, was demjenigen der zufällig in den Shoppingkanal zappt, entweder mitreißt, wenn es sich um eine Frau handelt, oder komplett irritiert weiter schalten lässt, weil es sich um einen Mann dreht. Einen echten Macker dieweil so manche Teeschlürfenden und halbschuhtragende Weicheier, die sich die Augenbrauen zupfen, Lidschatten auftragen und tuntig wirkten, was daran lag, dass sie stockschwul sind, sich solche Sendungen klaglos bis begeistern ansehen.

„Also Gold und Gedöns", fasste Svenney
zusammen, das liegt irgendwo und der Barde
hat den Schlüssel für die erste Türe. Den
Hinweis und so weiter, leider hat er ihn aber
einer Mama San gegeben, die eine Puffmutter
ist, als Pfand für die Zeche, ist das so?"
„Richtig" bekräftige die Bernadette.
Ich soll jetzt diesen Schlüssel von der Nutte
holen und dann das Schloss finden, in das er
passt und immer weiter in die Welt latschen
und einen nach dem anderen Hinweis
suchen und am Ende den Schatz finden?
Bernadette war erstaunt über diese
scharfsinnige Zusammenfassung, die in etwa
und zu einem gewissen Grade stimmte, sie
äußerte sich lobend, was Svenney mit einem
wissenden Lächeln quittierte.

„Zuvor aber, müsst ihr"... „Du" unterbrach
der O´Shea, „gut musst Du, Svenney .."„mein
lieber geliebter Schatz Svenney" verbesserte
der SoS, wirst Du, wiederholte Bernadette
aber zum Lektor, der hier in Antrim ansässig
ist und von dem Du alles erhältst, was Du für
deine Suche brauchst gehen und vorsprechen.
„So richtig Lust habe ich aber gar nicht, was
soll ich mit einem Schatz, den ich erst suchen
muss, wo ich den meinen doch schon
gefunden habe" , flötete er charmant und
rollte zur dramatischen Untermalung mit
seinen Augen.

„Du kannst beide haben", versuchte es
Bernadette erneut und den anderen Schatz
wirst Du brauchen, um mich aushalten zu
können, glücklich zu machen, den ich möchte
mich nur dem hingeben, der mir die Welt zu
Füßen legt, hauchte sie theatralisch .
„Ich dachte bisweilen, würde ich mich vor
eure Schuhe legen und ihr könnt auf mir
herumtrampeln. Über mich laufen, vor allem
am Rücken, da habe ich Verspannungen und
ich würde gerne versuchen, ob die sich
lockern, wenn sie diesem ausgesetzt sind."

„Ach mein Lieber, Entspannung die sollt ihr
haben in jeder Art und Weise, wenn ihr mir
helft. Besser im Fall, dass ihr diesen Schatz für
mich findet".
Worauf Svenney erneut dämlich dreinblickte,
was er trefflich beherrscht.

Der O´Shea wurde langsam schwach und ihm
gefiel der Gedanke, ein Held zu werden, der
er zwar schon wahr, aber der für seine
Herzdame vieles auf sich nehmen würde.
Svenney war ein hoffnungsloser Romantiker,
vor allem dämlich, was gut zusammenpasste
und für eine solche Mission von Vorteil ist.
Mut und Stärke wäre besser aber manche
Helden tun mit dem auskommen, was sie
haben oder ihrem Schöpfer dem Autor so
einfällt, ich erzähle ja nur, wie es war.

4. Zarter Bande,
der Liebe entspringend, sich
knüpfen.

Der Abend war ein langer und erneut
verlangte es dem Helden nach einem Mahl
und Wein und die Bernadette zog kräftig mit,
„Lass uns feiern mein Lieber „Liebster
verbesserte Svenney, Geliebter wäre mir
genehm, was aber wie zuvor, ignoriert wurde.
So feierten sie, soffen, schenkten nach und
tranken zu viel und dann kam die Stunde, wo
beide zu Bett wankten.
Die zwei waren mehr schwankend als stabil
und bei Sinnen und Verstand und so kam
Svenney zu seinem Nachtlager bei seiner
geliebten Bernadette, die er sowas von über
alles liebte.
Und für sie fühlte wie es Verliebte so Tun und
die Liebenden die schon mehrere Stunden
beieinander waren, nachdem Sie sich zum
ersten Male in Ihrem Leben begegnet waren.

Der Weg nach oben, in der Herberge des
Antrim war steil und ganz der Gentleman lies
Svenney die schöne Frau vor ihm aufsteigen,
um Sie, sollte sie stürzen auffangen zu
können. Aber zudem weil er sich einen Blick

unter den Reifrock ergattern wollte, was ihm
sogar gelang.
Voller Vorfreude und oben angekommen
nahm er Bernadette in seine Arme. (Das
schreibe ich jetzt für die weiblichen
Leserinnen, weil ich weiß das diese so etwas
erwarten und lesen wollen, anstelle der
Wahrheit, die männlicher ist, derber, direkter
und wirkungsvoller aber, wer
Autorengroupies schaffen will, muss eben
manchmal tricksen).
Der Galan hob sie auf und trug sie über die
Schwelle der Türe zu ihrem Gemach. Er hätte
es lassen sollen, den der Zimmermann kannte
ja beim Einbau der Tür die Maße von
Bernadette nicht und so fertigte er Tür eben
eher kostengünstiger dafür schmaler an. Was
dazu führte das Madame, mit dem Kopf
etwas heftig an den Türstock schlug.
„Auuuuuuuuuuuua pass doch auf Du, Trottel
blöder“.
„Keine Sorge“ beruhigte Svenncy sein
Herzblatt sofort, alles bestens in Ordnung,
der Türstock hat nichts abbekommen. Mit
einem beherzten Schwung, der Männlichkeit
und stärke sowie Überlegenheit
demonstrieren sollte, den Svenney aber aus
einem Bühnenstück, das in einer schwieligen
Spelunke mit zweifelhaften Gästen aufgeführt
wurde, abgekupfert hat.

Der Schwung war aber nicht halb so
männlich, kraftvoll und überhaupt nicht
überlegen. Weshalb die Bernadette nicht auf
das Bett aber knapp davor niederlegte und
diese nur ihren Reifröcken, den Rüschen und
dem ganzen Gewese, das sie umhüllte,
verdankte nicht querschnittgelähmt zu sein
oder die Hüfte gebrochen zu haben.
„Mein Schatz, mein liebster Schatz, geht e Dir
gut?".. fragte Svenney sofort und bekümmert,
wieso bremst Du in der Luft, hattest Du Angst
meine Stärke, die ich Dir offerierte, würde
Dich bis über das Bett hinaus ans Fenster
tragen?"
„Helf mir hoch, Du Depp" ... eine
Aufforderung der Svenney recht schnell und
emsig nachkam.

Da lag sie auf dem Laken und Svenney
begann sofort damit sie aus zu packen. Zuerst
gezierte Bernadette sich.
Aber in Anbetracht dessen, dass sie
realisierte, der SoS würde niemals, nie und
nimmer kapieren, warum er das lassen solle.
Der Tatsache das der Alkohol sie gleichgültig
und geil gemacht und sie gar nichts gegen
einen guten, kernigen Fick einzuwenden
hatte. In Wahrheit sogar für heute Nacht
einer geplant war, mit einem Gentleman
namens Smith. Der Svenney in allem übertraf
vor allem Benehmen und Anstand und

deutlich der Gesamteindruck, das Aussehen und so, so lies sie es geschehen, wie o´Shea sich fast aussichtslos bemühte, sie aus ihrer Kleidung zu befreien.

Mit Ihrer Hilfe und ausschließlich dieser gelang es Bernadette vorteilhaft unbekleidet, bis auf etwas Spitze die mehr zeigte, als sie verbarg, sinnlich auf dem Linnen zu fläzen und Ihre Vorzüge im eindringenden Mondlicht zu reflektieren.

Vor allem 2 Reize, einen mit „Schönheitsfleck" entlocktem dem Svenney einen Laut, der ihm entwich, nachdem er seinen Kopf in den Nacken legte. Das Gesicht zum Mondlicht er wandte und dann ein Boooooooooouuuuuuuuuuuuuuuuuuuuuuuuuh bellte, das jedem Wolf in 30 Meilen Umkreis mitteilte, das einer der Ihren in seine Klöten geschossen bekam.

„Komm zu mir" lockte das ewige Weib. Nimm mich, mach mich zu Deiner Gespielin, Lustsklavin oder was Du willst, aber tue es jetzt.

Er sprang zu der Angebeteten, betrachte die beiden Gebirge, und das Tal, das zu einer Senke wurde, dann in einen Busch mündete. Der auf einem Venushügel stand und von dort ein Tal bildete, in dem ein süßer Quell darauf wartete von Svenney Zunge gefördert, sich zu ergießen und etwas aufzunehmen,

dass in dem Lüstling erwartungsvoll
anschwoll.

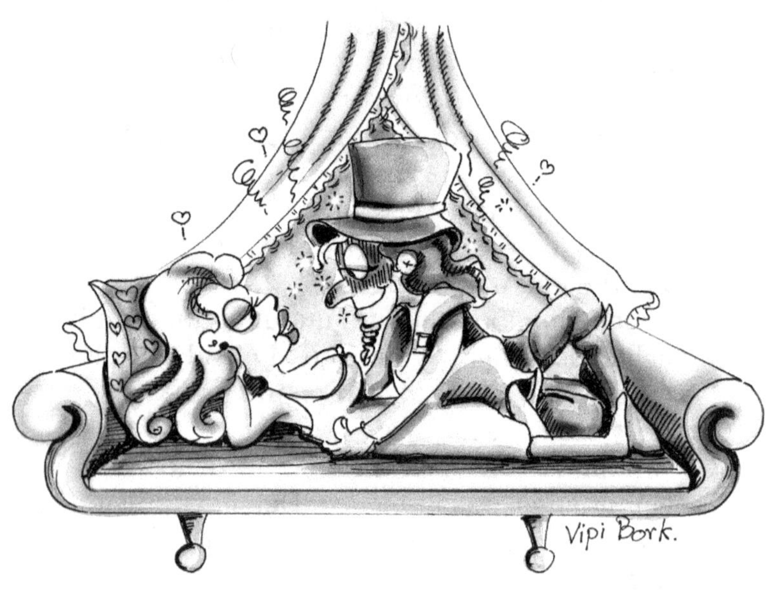

Bernadette begann zu beben, Svenney sie
anzuheben. .... das Linnen sauber
beiseitegebracht, legte er sich neben sie,
sprach „liebste Maid, mein .... Du wirst mich

90

jetzt längere Zeit nicht sehen, weil ich dich
von hinten nehmen werde, was der
Bernadette zu Pass kam, den sie müsste dann
nicht in sein dümmlich vor Geilheit
entstelltes Gesicht schauen müssen.
Er drapierte sich hinter Bernadette und
flüsterte, ich mache es Dir die ganze Nacht ...
und schlief sofort ein.
Die Lustvolle in Erwartung und einer
Duldungsstarre verharrend, die später im 21
Jahrhundert, eine gewisse Theresa Orlowski,
bekannt machen würde, spürte den
Eindringling, der sich als ihr Ring und
Mittelfinger, und zwar der eigene outete.
Aber sein Werk vollbrachte, während Svenney
von Titten, Tälern, Vulven träumte, die er
versäumte.
Er phantasierte und wie er so da lag und sich
wohlfühlte, tat Bernadette ihr bestes, um den
Schlaf zu finden, sich dazu winden und
Erleichterung um sich wohl zu befinden. Es
gefiel ihr fast besser, als sich von diesem übel
riechenden Kerl, der zu besoffen war, um in
den Zuber zu steigen, befingern zu lassen,
und so wurde ihr Antlitz erst weich,

Dann lächelte es, verspannte sich, um jene
Ektase anzuzeigen, die in so manchem Weibe
tobt, wenn die Lust über sie kommt. In
diesem fortgeschrittenen Stadium schaute sie
mal beiseite und sah, der O`Shea hatte seinen

Spaß, zu mindesten zeigte die Zentrale
Zeltstange, das in der Manege unter ihm der
Tanz begonnen hatte.

5. Erwachen, erwarten und Gedöns

Rumpel die Bumpel, die Boller ab und zu ein Hüüüaaa, drang zu dem im Schatten liegenden Svenney durch, eben hatte er die Liebste beglückt und das mehrfach, er hat sie gepfählt, geschändet nach Ihrem Verlangen. Er tat ihr allerlei an, aber lies mehr mit sich anstellen und sagte nie nein, egal was dieses tolle, sexbesessene Weib ihm abverlangte, im Gegenteil er gab immer eine Zugabe.
Selbst als Bernadette plötzlich einen Zwilling eine 100% Kopie ihrer Person in die Lustwiese warf, pflügte Svenney beide Äcker und brach die Schollen. Es war ein gebebe, ein Gewusel, eine wahre Sauerei, die beteiligten Körper sonderten allerlei Säfte und lockende Düfte ab, Svenney nahm sie gierig auf und bedankte sich im Absondern der seinen, gütlich.
Es war ein Gestose, ein Gerammel, beben, zittern auf allen Ebenen und als Bernadette plötzlich, ihre Mutter und eine Nichte zu der Orgie lud, wurde es so flott.

Aber was ist jetzt?
Wo bin ich, wo ist Bernadette, die heiße Zwillingsschwester, die anderen. Wo ist der

eigene Verstand, meine Erinnerung, fragte
sich der O´Shea und beschloss, zur
Orientierung mal die Augen aufzuziehen,
nachdem er festgestellt hat, das diese
verschlossen sein müssen.

Das sollte sich als eine gute Idee
herausstellen, den Svenney wurde sich
gewahr, dass er der Orgie entfleucht sein
musste. Den er befand sich in einer Kutsche
und das Antrim war nicht mehr aus zu
machen. Dafür aber ein holperndes und
polterndes, sich schüttelndes Zimmer und
Svenney fragte sich, ob er immer noch im
Liebesakt beschäftig war. Ob die Orgie lief
und er in einen zentralen, höheren Zustand
eingedrungen war, von dem ihm sein
indischer Hindu Freund, Naku
Abudalabinrassa immer erzählt hatte.
Irgendein Kamasutra oder so.
Svenney beschloss, dass es genau so sein
würde, und tastete sich zwischen seine Beine
vor und befühlte den Zustand des Seins.
Welches sich als erbärmlich darstellte, mit
der anderen Hand erfühlte er etwas mächtiges
und begriff, das es gewaltige Kopfschmerzen
waren und eine Beule, von der allein man sich
solches Schädelkreisen aber nicht vorstellen
könne.
Erneut rief er sich den Einfall, die Augen zu
öffnen, ins Gedächtnis zurück und stellte fest,

94

das er dieser Eingebung bisher doch nicht gefolgt war.

Mit Mühe aber dennoch heroisch, gelang es ihm und erneut stellte er fest, dass er im Inneren einer Droschke, eines Gefährts sein müsste, und fragte sich, wie er dort hineinkam.

Während er sinnierte über dieses und jenes, kam die Kutsche zum Stillstand und Svenney freute sich darüber, den für ihn bedeutete es, seine Kopfschmerzen seien vorüber. Er müsse nur die Augen aufmachen und er wäre in der Kammer im Antrim und würde das wunderliebliche Antlitz der Bernadette erblicken sogar doppelt und wer weiß, wie es einen Verlauf geben könnte, dem er jetzt zugetan wäre.

Statt der Augen wurde die Kutschentür geöffnet und ein rüder Geselle griff sich des Svenney Bein und zog ihn aus dem Wagen, schüttelte ihn sanft bis herzlich und plärrte ihn an, „Aufwachen. LOS wach endlich auf, du Schmock.“

Dieser kam zu sich, „ wer seid ihr, was wollt ihr, wo bin ich“???

„Der Kutscher, ihrer Gnaden Fräulein Bernadette, dies ist Ihre Kalesche und ich soll euch fahren“.

„Wohin fahren, was war den geschehen, ich erinnere mich gar nicht, ist etwas passiert“

Der Kutscher dachte kurz nach, über das, was
geschehen war, und lächelte zufrieden, ein
höhnisches Lächeln.
Was war den geschehen, wird sich der
geschätzte Leser jetzt fragen und das ist gut
so.
Nichts tut ein Erzähler lieber, als das
Interesse das er geweckt hat zu befriedigen,
auf das der Leser dem so gutes widerfuhr,
gleich das Googeln beginnt. Ob sein Autor
der ihm so gewillt, mehr Machwerke
erzeugte, die er käuflich erwerben würde, was
wiederum dem Autor gut gefiele, ebenso wie
es ihm gefällt, wenn geneigte Leserschaft
andere in den Bann der Geschichte treiben.
Die absolut gewillt sind, nicht etwa ein
gelesenes Exemplar dieser Story hier erneut
zu benutzen, sondern sich selbst eins kaufen.

Was war passiert?
Ich könnte sagen, äätsch habe gar keine Lust
mehr zu erzählen. Dann wäre hier jetzt
Schluss, nur müsste ich das bisherige
ebenfalls wegwerfen, 97 Seiten sind kein
Buch, nicht mal ein Büchlein. Ich bin beim
Korrekturlesen, diese Zeilen tippe ich, nach
dem ich die Geschichte hier erzählt habe.
Wenn man sein eigenes Buch liest, schon
doof, sollte der Lektor machen, macht er aber
nicht, hat mal angefangen und dann keine
Lust mehr gehabt, ich auch nicht. Ja das

passiert, wenn man einen Band im zweiten
Kapitel beginnt, aus Spaß und dann mehr
davon bekommt und daraus ein eigenes Buch
machen will.
Aber ich habe den Anfang ja erzählt, Svenney
die Bernadette und der Barde, eine echte
Story, passt alles zusammen bis jetzt. Schatz
und Schlüssel, das zu finden und verbinden,
irgendwann Happy End, das erwartet man ja,
bei Helden.
Was würde der geneigte Leser denken, wenn
er jetzt schon wüsste, dass in den nächsten
beiden Büchern, dieser Reihe, alles
Erdenkliche, aber undenkbare passiert, außer
das der Hero an den Schlüssel kommt?
Sicher erwartet der eine oder andere von der
geneigten Leserschaft, dass in diesem Buch
die ersten Rätzel gelöst werden, diejenigen
von euch können hier aufhören, weiter zu
lesen.
Als der Erzähler habe ich einen Vorteil, sollte
man denken, den der Autor weiß wie es
weitergeht, er blickt in die Zukunft, so zu
sagen!
In Wahrheit aber, bin ich meistens ebenso
überrascht über das, was mir eingegeben
wird, dass ich niederschreiben soll, wie ihr
beim Lesen. So perplex, dass ich dann wie
jetzt in der Durchsicht, ganze Texte lösche. In
der Frage, wie konnte es zu so etwas
kommen? Aber so macht das Schreiben Spaß,

wenn es fließt, das ist dann wie selbst zu
Lesen. So, jetzt geht es weiter, die Lücke ist
gefüllt.

6. Was geschah mit Svenney O´Shea?

Lassen wir das und kommen zu etwas völlig
anderem, O´Shea und Bernadette.
Wir erinnern uns, das Antrim ein wüstes
Gasthaus. Eine schöne Frau reinen Blutes und
edelster Herkunft, trifft auf unseren Helden.
Und wie man es erwartet, habe ich die
Geschichte so gebogen, dass sich beide
näherkamen, so nah wie es eine gemeinsame
Kammer und ein geteiltes Bett, gepaart mit
Wollust ermöglichen.
Doch anstatt den dargebotenen Acker zu
bestellen, ihn zu pflügen und zu begießen,
schlief unser Freund schnell ein.
Der Acker war sich selbst überlassen, was
diesem zuerst nichts ausmachte. Da in der
Selbstbestellung erfahren, sich dann aber
erinnernd, das man ja nicht zu Pferde,
sondern mit der Kalesche angereist war, diese
wiederum von einem Kutscher gelenkt, der
ein wahrer Adonis war. Dazu über üppiges
Ackergerät verfügte, dessen die Bernadette

sich schon oft und gerne bediente und dies
wieder als eine gute Idee empfinden würde
und es somit umsetzte.

 Bevor sie aufstehen konnte um nach ihrer
Kalesche zu sehen und dem Adonis, der aber
anders hieß, Ashton der Kutscher, zu sich zu
holen, stand dieser schon vor dem Bett. In
Sorge, da er seine Herrin nicht finden konnte,
im Schankraum nicht und nicht anderswo
und er eine Stunde vor dem Gemach seiner
Lady verharrte. Der sich nicht ein zu treten
wagte, auch wenn er die Geräusche die aus
diesem Zimmer drangen zuerst für bedrohlich
und dann schnell als bekannt einstufte.
Weil die geübte Hand der Bernadett, so
gewisses Geräusch, so manchen Laut
erzeugte, ob der Kraft ihrer eigenen
Stimulation.
Aber schließendlich hielt er es nicht mehr aus
und er kam genau rechtzeitig und lange
genug vorher, bevor Bernadette kam, und nun
wurde er hinzugezogen, um ihres kommen´s
willen, ihr dabei behilflich zu sein. Etwas, das
er ausgiebig tat, während Svenney neben dem
Bett auf dem Boden, auf den der Kutscher ihn
geworfen hatte, weiter an seinem Zelt baute
und allerlei Unappetitliches von sich selbst
und Bernadette träumte.
Kein Knarzen der Bettstatt, weder Geröchel,
Gewinsel und Gestöhne, nicht mal das
klatschen nasser Leibes, auf trillenden Körper.

Nicht einmal gutturales Triebgeschrei, konnte
den Svenney aus seiner bleiernen Schwere
erlösen. So bekam er nicht mit, das
Bernadette nur von einem Baum gepfählt,
nicht genug erhielt von der Lust. Doch da er
der Svenney, einen gewaltigen Mast unter der
Kuppel seines Zeltes aus feinem Bettlinnen
aufrecht zu Stande brachte. Mag es des
Traumes, in dem er schwelgte geschuldet sein
oder nicht, so weckte dieser die Lust und
Phantasie der Bernadette. Die das Zelt einriss
und den Mast beäugte der aus dem Hosenstall
des Svenney, einladend auf ihren Schoss
wirkte, indem er sich wenig später befand.
Die scharfe Lady setzte sich über ihn und lies
ihn in sich wirken, während sie dem Kutscher
die Anweisung gab, ihr näher zu kommen
und seinen Phal in ihre andere Öffnung zu
verbringen.

<<So sehe ich schon den Lektor ermahnend,
mich zu sich beordern, um mir
nahezubringen, dass ich die Beschreibung,
von privaten Darbietungen, sowie der
Aufzählung ihrer Phantasien und perversen
Gelüste, der Bernadette doch bitte nicht zu
ausführlich schildern solle. Was mir als euer
Erzähler gar nicht einfällt, drum kürze ich ein
wenig ab.>>

Es ging rein und raus und so verbrachte das
Trio, einer schlafend und zwei in Geilheit
umnachtet, etliche Zeit. Bis Bernadette
feststellte, dass sie der Hintereingang und vor
allem das Begehen dieses, durch den Kutscher
angenehm war. Da der Mast, den sie eben in
ihrem Schoss trieb, seinen Dienst aufgab, sie
zu tragen und das dadurch deutlich machte,
dass er schlaff wie eine Nacktschnecke aus ihr
heraus flutschte, sie gleichzeitig aber mehrere
Male so beachtlich gekommen war. Sie spürte
das ihre erogenen Zonen, bis 3 Meilen
außerhalb ihres Körpers reichten und sie
schaudern und beben ließen, dabei aber all
ihre Kraft kosteten. Sie so ermattet in sich
zusammensank und sofort einschlief, der
Kutscher aber lange nicht so weit war. Er ist
ein Barbar, ausdauernd und hart im Geben.
Dieses der Adeligen ja so gefiel. Seine
Erregung und Lust war nicht zu Ende,
alldieweil außerstande seine Gebieterin zu
schänden, während sie schlief, wendete
Ashton sich Svenney zu. Das, was ich meiner
geneigten Leserschaft und zuerst dem Lektor,
an Information zumute, dass der SoS die
Schändung seiner Poperze gar nicht
wahrnahm. Das der Kutscher nicht die
gleichen Hemmungen schlafenden Personen
gegenüber aufbrachte wie z.B für seine
Herrin.

Irgendwann und es war schon etwas später,
erwachte Bernadette aus ihrer Erschöpfung.
Der Kutscher war soeben geräuschvoll
fertiggeworden, wischte sein Gemächt an
Sweeneys Hosenboden ab, bevor er es in
seinen eigenen Hosenlatz stopfte und dabei
einen zufriedenen Eindruck machte. Da
befahl ihm seine Herrin, den Svenney
aufzunehmen und in die Kutsche zu bringen
und damit zum Lektor zu fahren.

<<Ja liebe Leser, zum Lektor, jene Person,
welche in dieser meiner Erzählung eine Rolle
spielt. Wie sich herausstellen wird eine
gewichtige oder gar keine, darauf bin ich in
jenem Moment ebenso gespannt wie ihr.
Dieser Lektor, von dem dieses Buch handelt,
wird ausreichend vorgestellt.
Außerhalb der Arbeit, im realen Leben, eures
Erzählers, spielt der Lektor in Ausübung
seines Berufes, eben diese Rolle. Mit
sadistischer Genugtuung, einen Autor erst zu
brechen, indem er dessen Werk zerreißt,
vernichtet, mit Füßen Tritt oder mit den
Händen würgt, nur um es dann völlig anders
wieder aufzustellen. Nach seiner Vorstellung
und somit den Autor neu aufbaut um ihn bis
zur Fertigstellung weiterer Kapitel erneut zu
brechen.>>

Am Lektor führt kein Weg vorbei und so wird
Svenney vor dem Geschöpf stehen, das
gescheitelt und mit Pomade, so wollfettig
glänzend, jenen Viktorianischen
Hofschranzen gleicht, denen er so trefflich
nacheifert. Dabei sich wandet und deren
Gehröcken oder Leibrock eine doppelreihige
Jacke mit knielangem Schoß, mittels einer
Taillennaht, dieser Epoche in keiner Weise
spottet, eher kopiert und die Zeit wiedergibt.
Doch dazu später.
Bernadette gab dem Kutscher jede
erdenkliche Instruktion und bestand auf eine
genauste Einhaltung und unterließ es nicht,
eine Drohung auszusprechen, würde der
Diener diesen nicht folgen.
Ashton der Kutscher, nahm den Svenney wie
einen Seesack über die Schultern und brachte
diesen zu seinem Gefährt. Er holte die Pferde
ans Geschirr, die zuvor grasend in der Nähe
der Kutsche angebunden waren, und lies
Svenney krachend ins Wageninnere fallen.
Dabei beeilte er sich die Anordnungen seiner
geliebten Herrin zu befolgen, die da lauteten:
„Bring den Trottel zum Lektor, den beim
Lektor wird er alles erfahren, was er erfahren
muss. Bevor Du ihn dort ablieferst,
vergewissere Dich, das er wach ist und dann
kläre ihn darüber auf, was ich Dir über den
Barden berichtet habe, was er mir sagte, bevor
er starb.“

Der Kutscher tat dem so und fuhr mit
Svenney, an das andere Ende von Antrim, wo
der Lektor sein Anwesen hat und demzufolge
am ehesten dort anzutreffen wäre.
Jetzt sind wir alle wieder an der Stelle, an der
ich und Sie bereits waren. Damit kann den
kleinen Rückblick beenden.

7.   Begreifen und Verstehen.

„Hör zu", blaffte Ashton der Kutscher „hör
genau und gut zu, den es ist wichtig"
Svenney von jeher ein schlechter Zuhörer sah
dies anders, Schaute aber dennoch
interessiert, in des Wagenlenkers Richtung
und heuchelte wahres Interesse, an einem
Vortrag.
„Was letzte Nacht war, ist nicht wichtig" hob
der Kutscher die Stimme. Aber sah Svenney
anders und grinste wissend in die Richtung
des Wagenlenkers. All die Sauereien, die er
erlebt zu haben glaubte, fanden ihren Beweis
im Zustand seines Lümmels. Welcher wie
Feuer schmerzte, weil er wund war, aber seine
Pupe stellte er fest, brannte lichterloh und er
hatte das Gefühl, als wäre sein Arsch weit
aufgerissen. Er konnte sich aber nicht
erinnern, welche der Sado- masochistischen
Einfälle der Bernadette diesen Schmerz
verursacht haben könnte, aber er befand, das

104

es ihm gefiel, es gut gewesen sein wird. So sprach er.

„Für euch ihr trauriger Gesell, war die letzte Nacht sicher ebenso unwichtig wie jede zuvor, aber als Gentleman der zu genießen und schweigen versteht, werde ich euch nicht berichten, zu welchem Ruhm und welcher Ehre ich heute Nacht die Gipfel der Ektase erklomm." Sie waren gewaltig.

Der Kutscher schaute etwas verwirrt, was er dann eine Weile so beibehielt und die Intensität des Irritierten weiter steigerte.

„Meine Herrin Bernadette, hat mich geschickt um euch zum Lektor zu bringen und bei ihm abzuliefern, dort sollt ihr alles weitere erfahren, was ihr für eure weitere lange, sehr lange Reise benötigt."

„Vorab so sei euch gesagt, meine Herrin übernimmt sämtliche Kosten. Sie trägt die Verantwortung für dieses Unternehmen, sie lässt ausrichten, sie sei angetan von euch und überträgt euch deswegen die Aufgabe, den Schatz von Andra für sie zu suchen. Den sie mit euch teilen will, so wie sie auch anderes mit euch zu Teilen bereit ist."

„Oh ja, ich verstehe den Umfang der Teilungen, habe ich doch schon letzte Nacht, den Vorgeschmack gekostet" frohlockte der Svenney.

Wieder verfiel der Kutscher in diese Irritation und machte dies durch einen stumpfen Gesichtsausdruck deutlich.

„Ein Barde ist letzte Nacht Opfer einer Kette von unglücklichen Umständen geworden. Ein Barde der ein Geheimnis hat und dieses beinahe in sein Grab mitgenommen hätte, wäre er nicht der wundervollen Bernadette begegnet, der er dieses Geheimnis anvertraute, wie er es schon 100te Male vergeblich versuchte. Auch mir, wenn ich alleine in dem Wirtshaus zu Antrim meinen Abend verbrachte, probierte der Barde diese Legende zu verkaufen, die Geschichte von einem Schatz, einem riesigen Schatz, der auf Andra versteckt sein soll." „Ich selbst glaube ebenso wenig wie alle anderen denen er das Märchen erzählt hat, aber meine Herrin glaubt ihm nicht nur, sie ist absolut überzeugt, das dieser Schatz existiert und nun habt ihr die Ehre, diesen für sie zu finden!"

„Schatz, schmatz ratz fatz....was ein Rabatz, ich will gar keinen Schatz, den meinen habe ich gestern gefunden", tirrilierte der O´Shea, „bringt mich zu diesem Schatz, ich befehle es euch Lakai, umgehend"
Umgehend beschreibt eine Zeitspanne, die extrem kurz ist. Und genauso eine Periode, eine wahnsinnig kleine verstrich zwischen diesem Satz, des Svenney und einem

106

Stirnbatscher. Welcher später einen italienischen Schauspieler, der mal Olympionike im Kader des Schwimmwettkampfes war, mit seinem extrem blauäugigen Gefährten, soviel Berühmtheit verschaffte. Mit diesem Stirnklatscherergatterte dieser sich Gagen, von denen er nicht nur leidlich satt wurde und an Leibesfülle gewann, sondern als Olympionike von niemanden war, genommen wurde. Ihn dennoch befähigte, Neapel und 2 Stadtteile in Rom zu erwerben, bis dieser Stirnbatscher auf seiner Stirn eintraf und die Wucht ihn 10 Meter durch den Raum gleiten lies. Nur es war wenig Innenraum vorhanden, den Svenney stand in der Pampa vor der Kutsche, aber es war kein Slippen, sondern eher ein Niederschmetterndes durch den Dreck pflügen.

„Hör zu, Wurm…. ich habe Dich gewarnt." Ashton der Kutscher, griff Svenney an den Kragen und stellte diesen unsanft wieder vor sich auf, ohne ihn aber loszulassen. Was ihm Arbeit ersparte, da es sich herausstellte, dass O´Shea dem Schläger weitere Gründe gab, ihm ein paar zu verpassen, alleine dem Umstand geschuldet das Svenney eben kein guter Zuhörer ist.
Nachdem sich etliche Male, eine zur Faust geformten Extremität des Kutschers, in dem

Bereich des Gesichtes einfand, wo blaue und grüne Flecken entstehen und diese voll aufblühten, gestattete Svenney seiner Gesundheit, einen Appell an seine Geduld zu senden. In der Hoffnung das er die nötige Fähigkeit, die einen weiteren Einschlag auf den Wangenknochen zu verhindern, durch Zuhören zu vermeiden.

Er lauschte dem Kutscher andächtig und murmelte ein freundlich interessiertes „Ah ja, soso, ach nein" und etliche Aaah und Ooh´s So erfuhr er vom Gespannlenker, das ein gigantischer Schatz existierte, an den niemand glauben wollte, von dem aber Bernadette schon vieles gehört und gelesen hatte und seit ihrer frühen Jugend, etliche Zeit damit verbrachte, Näheres in Erfahrung zu bringen.

Dass der Barde nicht nur vom gleichen Schatz sprach. Sondern das er sogar den ersten Beweis in Form eines Rings, dessen Fassung einen Stein umschloss, der ins richtige Schloss gesteckt, eine Türe öffnet und einen weiteren Hinweis auf die Lage des Schatzes preisgeben würde.

Das erfuhr Svenney ebenso, wie seine neu erworbene Aufmerksamkeit ihm mitteilte, dass der Barde den Schlüssel aber nicht mehr habe. Sondern diesen einer Dirne, eher zwei Huren in einer, als Pfand hinterlegt hatte, weil das Budget dessen er habhaft war, mit

dem Etat das seine Lust forderte, nicht
konform ging und die Puffmutter ihm diesen
Fingerreif als Pfand abverlangte. Unter dem
Hinweis, dass wenn er nicht kooperiere, sie
den Ring, nach seinem baldigen Ableben,
nähme und er nur zu gewinnen hätte.
Dieser Fingerreif befindet sich in Limerick in
der Grafschaft Limmerick, an einem Ort der
Dun Bleisce Doon hieße, einer Festung der
Huren, wo eine Mama San, einen kleinen
gutgehenden Amüsierbetrieb mit Erlebnis
Gastronomie, sowie „oberen Stockwerken“
betrieb, die der singende Geselle, oft
aufsuchte, öfters wie es sein Salär als Barde
zuließe.
Diesen Schlüssel solle er Svenney zuerst
abholen. Nein nicht die volle Aufmerksamkeit
des O´Shea, hergestellt durch einige brachiale
Treffer auf seinen Cortex. Außerdem den
Hirnstamm, sowie einer Zusammenführung
seines vorderen Hirnlappens, mit der
fünfgliedrigen Extremität, die am Ende des
Armes von Ashton geballt war, durchblutete
sämtliche Sektionen der grauen Masse, des
Svenney. Wie nie zuvor erlebt und belebt und
ließen, zu das der Held allmählich verstand.
Zuerst solle er den Lektor aufsuchen.
Was recht praktisch war, weil der Fuhrmann
ihn genau auf dessen Anwesen auf dem
ständig renoviert wurde, aus der Kutsche
gezogen hat. Was den Schluss zuließ, das

Svenney am Ziel, der ersten Etappe angelangt
war, den Lektor zu konsultieren hatte und um
im Anschluss nach Dun Bleisce Doon
abzureisen. Wie die Reise aussehen sollte, das
war Svenney aber nicht bewusst. Was daran
lag das der Kutscher in seinem Vortrag, gar
nicht an der Stelle angekommen war. Es jetzt
aber ist.
Von daher schreibe ich ab hier wieder Live
mit und fahre so mit der Erzählung fort.

„Dieser Rappe und diese Stute, sind eine Gabe
von meiner Herrin" der Kutscher deutete auf
die beiden Leitpferde in seinem Gespann, von
dem der Rappe schwarz war und den Namen
Whisky trug, während die kräftige Stute weiß
war und auf Soda hörte.
„Diese Pferde, dieser Beutel mit Gold, ein
Schießgerät und reichlich von dem schwarzen
Pulver, eine Dose Zündplättchen und dieser
Beutel mit Kugeln. Dazu Proviant für eine
weite Reise. Dieses Foto im Medaillon das
meine Herrin zeigt und ihr euch vors Herz
hängen sollt, damit ihr nie vergesst, warum
ihr dies auf euch nehmen werdet und mit
wem ihr den ganzen Schatz dann teilt.
Dazu allerlei Zeugs, das ihr unterwegs
brauchen könnt und für die ersten 5 Tage 10
Flaschen besten Weines, weil ihr die ersten 5
Tage durch ein Gebiet müsst, in dem niemand
lebt und in dem ihr keinerlei Vorräte

erwerben könnt"

Während der Ashton dies sprach, rülpste der O'Shea laut und stellte die erste Pulle des erlesenen Weines auf der Stirn des Kutschers ab. Zum Glück war die Flasche leer, weil sie sonst ihren Inhalt auf des Ashtons Hemd ergossen hätte, nachdem sie brach. Darauf lief dem Fuhrmann etwas anderes über sein wundervoll gestärktes blütenfeines Hemd, für das der Kutscher bei den Damen so hoch im Kurse stand. Es war Blut, das aus einer Stirnwunde zu Tale oder genauer auf das Hemd floss.

Ashton wäre normalerweise entsetzt darüber, dass sein Kleidungsstück, sein weißes gestärktes Hemd, sein Markenzeichen, das von dem er etliche hatte und die seinen ganzen Stolz darstellten, derart ruiniert wurde. Er konnte aber das Entsetzen nicht finden, da sein Bewusstsein damit beschäftigt war, abwesend zu sein, was einem entsetzt sein keine Bühne bieten könnte, um sich dort auszubreiten.

Ashton fiel um wie ein Sack, irländischer Kartoffeln.

Der Svenney, der vom Zuhören benommen war, eher von dem Liter feinster gekelterter Trauben, vom Federweißen zum neuen Wein vergorenen. Im Fass zum edlen Tropfen gereift, auf diese Flasche gezogen, um ihm dann so vorzüglich zu munden, bevor der

seinem Inhalt beraubte Behälter, sich in
einem selbstmörderischen Anschlag auf der
Stirne des Ashton entzweite,
Dieser Svenney, schickte sich an, die beiden
Pferde auszuschirren, dem Whisky einen
Sattel aufzulegen und der Soda das Gepäck
aufzubürden, dachte über das alles nach und
stellte fest, das ihm das recht fein gefallen
würde. Nachfolgend dem Besuch beim Lektor,
zur Hurenfestung zu reiten, den Schlüssel an
sich zu nehmen und seiner Bernadette zu
bringen. Mit ihr würde er zusammen weitere
Abenteuer, an vielen anderen Plätzen und
entfernten Orten, zu erleben, ja das war
genau sein Ding.
Das Ding von dem Helden der er zweifellos
war, der einer schönen Frau gehören wollte
und dafür kämpfte, so möge es sein, Er....
Svenney O´Shea, würde all das schaffen und
erreichen. Am Schluss würde er den Schatz
und die größten Belohnung finden und mit
dieser glücklich bis ans Ende der Tage, den
Schatz verprassen, sprach es laut aus und
begab sich auf den Weg ins Anwesen des
Lektors, um diesen aufzusuchen.

8. Der Lektor, die Lektionen und wo man sich sonst lecken mag, sogar gegenseitig

Das Anwesen des Lektors war in erster Linie ein Park, indem ein Garten angelegt war, den man durch ein großes schmiedeeisernes Tor zu betreten hatte, das imposant und ebenso verrostet war.

Hatte man sich durch dieses Tor erst einmal gewagt, betrat man einen Weg, der zwischen Beeten hindurchführte. Diese mit umgedrehten Whisky und Weinflaschen eingegrenzt waren, in Irrwegen und Schlingen verlaufend, auf ein Gebilde zu, das wir hier eine Datsche nennen, weil so etwas in einen Garten gut passt, aber in diesem Fall keine war.

Äußerlich ein windschiefes, altes Gartenhaus mit einem noch schieferen Ofenrohr auf dem windschiefen Dach, das auf gekippten Wänden auflag, in denen der Gipfel der Schiefheit im Wind auf und zu klappte, was

Fenster sein wollten, aber die Bezeichnung
nicht verdienten.

Wer denkt, der Lektor, dessen Person ich
angekündigt habe, haust in einem
windschiefen Verschlag, hat zwar gut
aufgepasst und seine Phantasie wurde von
meiner Erzählung geleitet, aber es war anders.
Nichts ist, wie es scheint, und so erfasst das
Auge vor der brachial schiefen Türe, ein
windschiefes Gartenhaus, aber hinter dieser
Tür, dazu komme ich gleich.

In diesem Garten wuchs so alles an bekannten
Gewächsen, mehr unbekanntes, zumindest
mir fremdes, aber darum bin ich der Erzähler
und nicht der Gärtner.

Allerlei Giftefeu und Umanach, Waldmeister
und Kräuter, aus denen man manch feinen
Brand herstellen konnte. Wie den Wacholder
z.B aus dem die Holländer, einst den Genever
brannten. Aus dem die Engländer aufgrund
ihrer komplizierten Aussprache Gin als
Bezeichnung fanden, der im Königshaus
Britannien, der aktuellen Queen Mutter, das
Leben ungemein verlängert, da sie diesen
ebenso über alles liebt und in solchen
ungewöhnlichen Mengen ihrem Körper
zuführt.

Dabei wird der Gin gar nicht gebrannt,
sondern besteht aus Alkohol, so etwas wie ein
gewöhnlicher Vodka, den man aus Kartoffeln

herstellt, die es in diesem Garten zu dem
zwecke ebenfalls in Hülle und reichlicher
Fülle gab.
Wacholderbeeren sind, dass absolute muss,
die Essenz und so steht ein kleiner
Buschwald, dieses Gewächses dem
Gartenhaus am nächsten.
Dort steht eine Badewanne, in der dieser Gin
angesetzt wird, indem man Gewürze, wie
Kardamom, Rinden, Birke, Samen Wurzeln
auch Frucht einbrachte und das ganze ziehen
lies.
Aber hier gleich neben der Wanne, in einem
kleinen weniger schiefen Gebäude, wurde das
Gebräu erneut raffiniert destilliert und zu
einem ganz besonderen Gin gebrannt, dem
Meckpom Saphire, eine klassische Abfüllung
mit 48% mindestens. Der Name leitet sich aus
dem Herkunftsland des spirituosen
Liebhabers und Erzeugers ab, Mecklenburg in
Pommern und Saphire. Weil dem Kreator
nichts Besseres einfiel, es aber wie ein Brillant
klingen sollte, was es nicht tat und so nur ein
Saphire wurde.
Gleich neben dem Brandhaus befand sich eine
Kelter, die fleißig benutzt wurde. Die Berge
an Obst entsaftete, auf das umgehend durch
einen chemisch biologischen Prozess, der
Gärung geschuldet aus ungenießbarem Obst,
genießbaren Wein entstehen lies oder
zumindest in der Vorstufe den Most.

Diesen verbringt man in ein Mischgefäß unter Zugabe von Zucker und später von Hefe, die als Brot so gar keinen Spaß macht, in Verbindung mit dem Most, dem Zucker diesen aber in Alkohol verwandelt. Trotz des Zuckers bildet sich vor allem bei Beeren, wie der Traube eine starke Säure. Der dann entgegengewirkt wird, indem man kohlensauren Kalk dazugibt, danach erst kommt alles in ein Gargefäß, in dem das Gemisch ruht. Ab dem 3ten Tag beginnt die Gärung und später, wenn das Ergebnis als Wein in Flaschen gezogen wird, macht das verwendete Obst, die langweilige Hefe und der Zucker ordentlich Spaß, wenn Sie miteinander gut harmonieren.

So erklärt sich ein weiteres Gebäude, das solider schien als alle bisher beschriebenen. Dazu gab es einen Gewölbekeller, der den ganzen Garten im Untergrund durchzog, man munkelte das von diesem Kreuzgewölbe, der 50 m tiefer lag, weitere unterirdische gelegene Stollen in alle Richtungen abgingen. Dann im Wirtshaus von Antrim, dem Bürgermeisteramt des Ortes und der Bank, sowie in einem Gemach, einer holden Maid endeten, welche das Herz des nahezu herzlosen Besitzers dieser gesamten Anlage ein wenig berührte.

Schaute man an diesem letzten Gebäude
neben der Kelter vorbei, entdeckte man einen
äußerst massiven Bau, in dem ein soliderer
Kessel aus Messing, der mit verwirrenden
Rohrleitungen beeindruckte, stand.
Daneben ein weiterer Kessel und andere und
so einige mehr. Zwei dieser Behälter
dampften auf Hochtouren und ein übler
Geruch lag in der Luft, in diesen beiden
Kesseln, blubbert ein zukünftiges Ale und ein
Porter, Biere die sich in Irland neben einem
dunklen Guinness, großer Beliebtheit
erfreuen.
Überall standen Körbe, in den Früchte lagen
und Massen an Fässern, in denen Obst
verfaulte und nur dem Zweck dienten, dass
unter Zugabe von Hefe und Zucker, Liköre,
Weine und andere leicht bis schwere
alkoholische Gesöffe sich entwickelten.
Svenney nahm all dieses mit großem Interesse
wahr, befand er sich doch auf dem Irrweg, im
Garten des Lektors. Er steuerte auf das
windschiefe kleinste Gebäude zu und öffnete
die Tür, die quietschend das es eine Freude
war, aus ihren Angeln sprang und sich sofort
verkeilte.
Der Sohn des O'Shea aber ward schon drin
und verwundert, den er stand in einer Art
Halle, die diffus, von einigen Fackeln und
einem Feuer, das in einem Kamin glimmte,
illuminiert war. Dazu flogen in einem

aufgehängten Käfig, leuchtende Käfer ihre
Runden und in Glasballons taten
Glühwürmchen, was sie am besten konnten
und spendeten weitere Erhellung.

Der Garten des Lektors

Es gab mehrere Sitzgruppen, feines Leder im viktorianischen Stile, was Svenney aber nicht wusste, den der lebte ja eine Epoche davor in der georgischen Zeit, wobei es hätte ihn gar nicht interessiert.

An der Wand, gegenüber des Kamins, prangte ein Ölporträt, das einen Mann zeigte, Dessen rabenschwarzes Haar so tiefschwarz war, das selbst die reichlich auf ihr verteilte Pomade, das glänzen nicht zu Stande brachte, weil Licht, sobald es auf dieses Haupt fiel, sofort absorbiert wurde. Ein würdevoller, aber äußerst strenger Blick. Welcher durch ein schwarzes Gestell in dem Glasstücke gefasst zu sein schienen, was man als Augengläser oder später als Brille benennen würde, entrückt aber gleichzeitig dämonisch, was ausgezeichnet zu dem angedeuteten, schrecklichsten Lächeln, das jemals gelächelt wurde, passte. Dieses diabolische grinsen das dem Gemälde entfuhr, war dem Künstler gelungen, den es jagte jedem seiner Betrachter eine gehörige Gänsehaut ein. Sogar dem besagten Maler, der sich nach der Vollendung, dieses Werkes selbst blendete, weil er sich erhoffte, das Bild, das sich auf seiner Netzhaut eingebrannt hatte und diesen stechenden Blick zeigte, würde damit verschwinden.

Eine weitere Hoffnung, die sich niemals erfüllen würde, aber dies nur am Rande.

Zur rechten Seite des Bildes gab es ein weiteres Gemälde, dem derselbe stechende Blick, seine Dominanz gab und den abgebildeten mit einer merkwürdigen Apparatur zeigte. Einem auf 3 Beinen stehenden Kasten, mit einem Glasauge an seiner Frontseite und einem schwarzen Tuch auf der Rückseite, der hier porträtierte, hielt eine Art Dings mit einem Griff in die Höhe. Mit seiner anderen Hand bediente er eine Art Schnur, einen Draht, der mit dem Kasten verbunden war, genauer mit dem Auge, dieser Apparatur. Vor der Box stolzierten Damen, in berüchtigter Aufmachung oder räkelten sich noch zweifelhafter herum. Das geschah, indem sie Sitzmöbel nicht ordnungsgemäß sitzend verwendeten, sondern vulgär lümmelnd, was der Szene einen anrüchigen, aber doch erotischen Charme gab und das allerschrecklichste Lächeln, das außer dem auf dem ersten Bild je gelächelt worden ist, erklärte.

Angezogen war der in Öl verewigte, äußerst elegant in einem Stile, den Svenney so nie zu sehen bekam. Nicht einmal bei den gesellschaftlichen Anlässen, zu denen sein Vater den Erben immer mitnahm, weil er das Geschäft ja eines Tages führen sollte. Neben den beruflichen war das zweitliebste Thema, Kleidung und wie man grüne Krokodile auf Brusttaschen sticken könne und ob das gut

aussah, als Abwechslung zu drei Streifen, die
zwar sportlich wirkten, aber als Design
damals schon recht spärlich rüberkamen.
Was Svenney nicht ahnte, war, dass dieses
Bild gar nicht gemalt worden war, den es
entstand in einer späteren Epoche, wie das
zur linken Seite aufgehängte Porträt. Was
völlig den Verstand unseres Helden
überforderte, was im Allgemeinen aber recht
oft passierte.
Dort war der gleiche, mit einer Brille den
strengen Blick forcierende abgebildet.
Diesmal aber vor einer mattglänzenden
Schüssel oder Kutsche, den das Ding hatte
Räder. Er stand in einem einwandfrei
zerknitterten Gewand, einem derart
gestärkten weißen Hemd, das nur ein
aufrecht, ein gebeugt aber nimmer stattfinden
konnte. Die Absicht des Trägers, dieser
Kombination aus tadellos verrutschten
Beinkleid, in dem eine Bügelfalte so scharf
gekniffen war, das sie Zeit und Raum falten
konnte, was zu dem Hemd durchaus passte,
aber nur zu diesem. Über dem gestärkten
Wäschestück saß locker ein Jackett, dessen
Brusttasche von einem feinen Tuch dominiert
wurde, direkt neben einem Knopfloch, in dem
sich eine Nelke verfangen hatte.
Der Saum dieses Jacketts endete sportlich,
direkt über dem mickrigen Gesäß, des
Anzugträgers. Die Hose die all das darunter

Liegende, vor allen Augen verbarg, weil jeder
Blick von der Bügelfalte nahezu gespalten
wurde, beulte sich auf der Rückseite enorm.
In einer Tasche auf dem Gesäß angebracht,
protzte eine Lederbörse, aus der Banknoten
nur so quollen, weil dies Portmonee für eine
solche Anzahl nicht konzipiert war.
In einer zweiten Tasche, die etwas dezenter
versteckt angebracht war, lugte ein
silberfarbener Verschluss rotzfrech auf einer
silbernen Flasche sitzend, hervor. Diese
beherbergte einen Trunk, dem der Besitzer
des gesamten Assemblers, zugetan war und er
diesen gerne in jenem edlen Behältnis bei sich
trug, falls ein Verlangen ihn übermannte. Dies
geschah häufig.
Im Hintergrund des Bildes sah er einen
anderen Kasten mit Rädern. In knalligen
Gelb, wie von einer Sonnenblume und davor
einen Herren, der ein ebenso knallgelbes
Gewand trug, auf dem ADAC stand. Ein
Schriftzug, der sich auf dem Mobil hinter ihm
ebenfalls entdecken lies, es schien so, als
würde das mattglänzenden Gefährt auf dem
KIA zu lesen war, was sicher für Katastrophe
in Asien stand, an einem Seil hinter sich
herziehen. Zumindest waren die Fahrzeuge
miteinander verbunden.
Svenney konnte mit diesen Darstellungen gar
wenig anfangen und es hätte nichts geändert,
wenn er wissen würde, das dieses Bild gar

nicht existierte, weil es später entstehen würde.

Dafür sprach die Brillanz und die Schärfe der Farben, das Bild sah aus, wie nicht gemalt, sondern als würde man einem Standbild der Zeit oder das, was das Auge zu sehen vermochte, direkt auf einen Träger bannen zu können. Auf das dieser Moment, auf alle Ewigkeit erhalten blieb.

An einer der langen Wände gab es eine ganze Galerie, dass immer den gleichen Inhaber dieses Blickes zeigte. In sich verändernden Gewändern und so folgerte Svenney, dass dieser Mensch sich gerne verkleidete und sich seiner Umwelt entweder anpasste oder dieser durch unpassende Kleidung entfloh, sich zumindest aber abhob.

Nicht weit von diesen Bildern entfernt, hinter einer gewaltigen Eichentüre, saß indes, der mehrfach porträtierte. An einem ebenso mächtigen Eichenschreibtisch, auf dem Gefäße aus Marmor. Gegenstände aus dem gleichen Stein, an der Tischkante aufgereiht waren, sicher um zu verhindern, das ein Schild das ebenda stand und auf dem Lektor zu lesen war, umfiele. Dem Inhaber dieses Saales, die Information verwehrte, was dieser den war, der Lektor.

Der dunkle Raum war nur erhellt durch ein nur für Elfen und andere Wesen sichtbares Licht, das mystisch waberte und sich ständig

veränderte. Ein weiteres Erhellen, das in einem Glaskolben pulste, in dem sich farbige gallertartige Klumpen, in Zeitlupe aneinander vorbeitrieben und nach oben und von da wieder abwärz wanderten. Der Lektor beachtete die Lavalampe nicht weiter und hing seinen Gedanken nach. Er freute sich still und diese Freude galt dem Umstand, dass bald wieder ein Grund bestünde, sich in viktorianische Gewänder zu zwängen. Vor allem in den neuen Gehrock, welcher der Schneider ihn vor wenigen Augenblicken durch einen Boten zugestellt hatte und von dem er behauptet hat, dass ihm dieser außerordentlich gut gelungen sei.
Der Lektor, sah das genauso und da er einen neuen Gehrock erworben hatte, der ihm vortrefflich passte, freute er sich auf das viktorianische Wochenende. Auf dem er ohnehin die Zeit vergessen werde, steif auf Wiesen, unter Eichen und vor vorzüglich gewandeten Damen positionieren konnte und es niemand merkte, dass sein Reden immer an gestern erinnert. Am liebsten mochte er an dieser Zeit, dass er mit einem Holzkasten steif herumstehen konnte, der vorne ein Glasauge hatte und der die Damen interessierte. Den sobald der Lektor mit diesem Werk mechanischer Uhrmacherkunst und ein paar Sperrholz Leichtbauteilen vom Schreinermeister Grufke auftauchte,

benahmen sich die Damen aber vor allem die
Mägdelein immer albern. Sie begannen aus
unerfindlichen Gründen, ihre Röcke zu reffen,
ihre Beinkleider, meist aus feinster Seide zu
präsentieren, und liefen, mit
durchgedrücktem Kreuz und komischen
Schwüngen vor diesem Kasten auf und ab,
was der Lektor gerne mochte. Oft gelang es
ihm, eins dieser Mägde von ihrem Kleid zu
befreien, sie in einem See oder Fluss badend,
vor dieser Apparatur auf den 3 Beinen für die
Ewigkeit durch Licht zeichnen zu lassen. Ein
Vorgang der auf einer silberbeschichteten
Glasplatte, allerlei chemische Prozesse in
Gang brachte und eben diese Magd verewigte.

Aber euch edle Frauen waren geneigt, sich
dem Lektor zu öffnen. Ihm Einblicke zu
gewähren, die sie sonst nur dem Gatten
zuteilwerden ließen, was oft dazu führte, dass
die eine oder andere Lust sich entwickelte
und dem Lektor ein Tächtel Mächtel
bescherte. In deren Konsequenz eine nicht
unerhebliche Anzahl, weiblicher und
männlicher Nachkommen, die
glücklicherweise wenig Ähnlichkeiten mit
dem Erzeuger hatten, die Welt mehr als nur
bereicherten.
Svenney hatte sich durch den Saal gearbeitet,
war einer riesigen Eingangstüre nahe, einer
aus Eiche mit eisernem Beschlag und einem

großen Schild, aus Messing, auf dem graviert
stand.

9. Lektor DER

Svenney klopfte höflich an und trat dann
unaufgefordert in den Raum ein, der sich
hinter der Tür mit dem Schild verbarg und
der so unendlich groß war, dass endlos das
passende Wort scheint, den so unermesslich
war dieser Raum.
An den Seitenwänden, die mit dem bloßen
Auge kaum zu erahnen waren, standen
Karteikästen und gegenüber die andere
Stirnwand, voller Registratur Schubladen. Die
hintere Wand war nicht zu erkennen, die
Decke, die Mauern die Möbel, alles schwarz
und von einer deprimierenden Düsternis.
Diese wurde nur vom Haupthaar der Person
übertroffen, die 10 Meter nach dem
Eingangstor, durch das Svenney soeben
geschritten war, hinter einem Eichentisch, der
so schwer war, das er schwarze Löcher
einsaugte, was permanent geschah. In der
Tiefe dieses Raumes, der Düsternis dieser
Dunkelheit entstanden reichlich davon, da
saß er. DER LEKTOR, man sah nur ein
überirdisch weißes gestärktes Hemd, mit

einem gewaltigen Kragen. Eine unnatürlich
käsige Scheibe das Antlitz, über diesem
Kragen. Geteilt wurde das Gesicht von einer
der licht adsorbierenden Brillen. Welche aus
Antimaterie zu bestehen schien, wie das
schwärzeste aller Haare, die je aus einem
Nasenloch ragten. Dessen Gesicht Augen
beherbergte, welche gnadenlos kalt, jedem
Haifischauge spottend gefühlskalt durch diese
Augengläser, ein Blick entsandten, der
brennend die schwarze Luft teilte und an der
Stirnwand stoben und sich teilend aufgesaugt
wurde.

Überall brannten Kerzen, Fackeln und alle 10
Meter so schien es, loderte in einem Kamin
Feuer um diesen Raum, der nicht mal eine
Halle war, in seiner Unermesslichkeit, zu
wärmen. Dennoch war es kalt und dunkel,
den dieser „Raum .... war nicht, was er schien,
war nicht, was er vorgab zu sein. Diese
Unendlichkeit, in einer kleinen windschiefen
Hütte, nicht mal ein rechtes Schreberhaus,
wie sollte dieser Raum in jenem anderen Ort,
genannt Gartenhaus überhaupt existieren und
existierte dieses Phänomen den?
Die Person, die diesen Raum bewohnte, war
sie echt oder gezeichnet? Diese Aura des
Lektors, inmitten von nichts als Schwärze, so
düster, das sogar Kohle in diesem Zustand
fluoreszierte und es glühte so manches.

128

Um den Lektor ward ein Geflimmer, ein sich krümmen und zusammenziehen von dunkeler Materie. Das Haar schien sich ständig in das sinister und die schwere der Tischplatte aus Eiseneiche, aufzulösen und sich wieder aus pulsierenden schwarzen Löchern, die um den Lektor waberten, zu nähren.

Vor sich auf dem Schreibtisch, dessen Dichte einen Planeten wie den Jupiter ansaugen und absorbieren könnte, was schon geschehen war. Ebenso diverse Milchstraßen und ein interstellares Raumschiffkino mit angeschlossenem Imbiss und einer Bowlingbahn. Aus der unmittelbaren Nähe von dem Planeten Ursa Ork 13, der als Amüsierbetrieb für Raumkreuzer Kapitäne und deren Besatzungen dort installiert wurde und wegen, Problemen an der öffentlichen Toilettenanlagen geschlossen werden musste. Denn wie man sich vorstellen kann, der intergalaktische Raumverkehr ist ja für alle Aliens benutzbar und jede Spezies eben andere Ausscheidungsorgane haben, die sagen wir mit denen auf der Erde bekannten, nicht kompatibel sind. Mit Ausnahme der Goddocken, die ein Beutelsystem haben, das wenn dieser gefüllt ist, via Gleitlucke dem Organismus entnommen wird und absolut

Hygienisch und keimfrei, in jedem Papierkorb entsorgt werden kann.

Andere Spezies haben aber derart komplizierte Verdauungs- und vor allem Ausscheidungsmechanismen, dass die vorhandene sanitäre Anlage von San-O-fair nur im männlichen Sektor an die 500 Kabinen zur Verfügung stellt. Im weiblichen Trakt nochmals 500 Kabinen und dann kamen diverse Aliens, die jederzeit auf eines der 1000 verschieden konstruierten Toiletten hätten gehen können, aber auf eigenen sanitären Luxus bestanden.

Ein weiteres Problem war der Zustand der Anlage, den die meisten Besucher, suchten das Örtchen im Allgemeinen erst in der allerhöchsten Not auf. Oft auf den letzten Drücker, wenn die Blase oder der FrüüPEL, ein Hebroanischer Kräästling oder der Enddarm eines Grusenkoors, schon im Endstadium der maximalen Aufnahme der Speichermenge angekommen war und der Besitzer dieser vorzüglichen Verdauungs-Apparate, es nicht mehr halten konnte. Jetzt unter 500 Türen oder Einsaug, Abpump und Fruluugg Vorrichtungen, genau und auf die schnelle, das zur eigenen Anatomie passende Klo Set zu finden, gelang nicht immer oder eher selten.

So war der zentrale Zugangsraum, nicht im besten Zustand, zumal einige Spezies Mengen

an Ausscheidungen produzierten, die einer
Reise von 19 Lichtjahren entstammen. Meist
mit einem Gleiter der nicht mal annähernd
10% Lichtgeschwindigkeit flog, und für Tage
den Zugang von nahezu 900 Türen versperrte.
Nicht der Gleiter, sondern die Fäkalie die der
Raumfahrende seid Stunden halten musste, es
die letzten Sekunden aber nicht mehr
schaffte.
Diese Problematik und die Tatsache das im
All keinerlei CO2 entstehen konnte, war der
Ausschlag dafür das nicht nur diese
intergalaktische Raumkinostation, sondern,
80% aller Hyperraumstraßen geschlossen
werden mussten. Weil es zwar ein Kinderspiel
ist oder wurde, ein Raumschiff auf Warp 12
hoch 10 minus 8 zu beschleunigen, das dann
aber im Leerlauf war,
unwahrscheinlich schneller flog, wenn man
den ersten Gang einlegte und den Gleiter
durch sämtliche Schaltstellungen jagte, als
einen Sanitärbereich, der nahezu allen
Spezies, mit Ausnahme der Goddocken mit
ihrem famosen Beutelsystem, zu errichten.
   Anträge der Godheiken, der Marsianer und
von Klonkriegern, ein einheitliches Beutel
Verdauungsystem, auf Hyperraumstraßen
einzuführen, scheiterte am Einspruch von
Zaark Kandarwiis. Einem der Alkaloiden von
Beta Fröhn, der anführte, das jeder Gebeutelte
zu Hause dann wieder die Probleme hätte,

das er den eigenen sanitären Bereich nicht
mehr nutzen könne und diese Fehlinvestition
steuerlich nicht gelten lassen würde.
Einsprüche der Opposition, die entgegneten,
dass er ja den Beutel nahezu überall
entsorgen könne, wurden abgeschmettert ...
Am meisten von den feministischen
G´wärschnern-O-innen, die immer und gegen
alles waren, das konsequent.
Vor sich, auf diesem Schreibtisch, der so
sämtlichst Mögliche in sich trug, zu
mindestens etliche Galaxien. Wenn nicht
alles, was sich ausschließen lässt, da die
Kantenlängen, der Umrandung doch
überschaubar war, die Dichte ja ..... die
Komprimierung, die war eine Unbekannte,
aber sie war ebenso unfassbar, wie dieser
„Raum" welcher der unendliche Raum sein
musste, in der die Welten in dieser
Schreibtischplatte ruhend, zwischen all
diesen schwarzen Löchern, den Antimaterie
Feldern und Gedöns da umtrieb. Dort stand
ein mächtiger aus schwärzestem Marmor
bestehender Stempel Halter, mit den
Beschriftungen: ZENSIERT, Schmutz,
Pornografie, politisch inkorrekt, FAIL, zur
Vernichtung freigegeben, nicht GRETA
konform und ähnliche.
Direkt anbei, ein Schreibtisch Set, ebenfalls
aus einem Marmor gehauen, dessen schwärze
und Kompaktheit, ständig mit derselben, auf

dem Haupt des Lektors konkurrierte. Dabei kämpfte und nur am wollfettigen Glanz, der aber trotz der großzügig eingewirkten Pomade, an Sichtbarkeit nichts bewirkte. Der Lektor, über dem Hemd, dessen gestärkter, weissester aller Kragen, eine klare Kriegserklärung an das umgebende Sinister war und an den etwa knielangen Gehrock, in einem Licht schluckenden Ton. Wie mehrfach beschrieben, so schwarz das nicht einmal, weiße Fussel eine Chance hatten, sichtbar zu werden, selbst wenn man sie in Andorianische Persilmoleküle tunkt. Er saß hinter diesem Schreibtisch und trug die weißesten Handschuhe, die man aus allem anderen außer Samt herstellen konnte, leider waren diese aus Baumwolle und dienten nicht, der Kälte zu trotzen, sondern, der Zensur. DER STIFT, den sie zu halten hatten, den Stift den Äonen an Schriftstellern, Autoren, Setzern Druckern, Schreibern und alle sterblichen Lektoren fürchteten. Dieser Stift, der Götter überflüssig, da machtlos macht. Allein dieser Stift der ROT schreibt und dessen Rot auf einen Text verbracht, alles löscht, was dem Lektor nicht passt oder gefällt. Eben dieser Rotstift, das Schwert des Intellekts, mit deren Hilfe der Lektor die dummen und die arroganten und die unwissenden und jedem der sich ihm und seinen Vorgaben widersetzt, geißelt und sogar

vernichtet. Nach diesem Stift kommt der Stempel, in dem gleichen blutigen Rot, welcher das endgültige Urteil fällt, ist der Lektorenstift der Ankläger und Staatsanwalt, so ist der Stempel der Richter und der Henker, so spart man Personal.
Svenney wäre, überwältig worden, von diesem Anblick, der so fremd, so sagenhaft so unendlich in die Endlosigkeit blicken lies. Von der Erscheinung des Lektors, der allmächtig thronend, mit bohrendem, stechenden ja glühenden Blick, durch die düsterste Materie brannte. Wenn er nur 5% dessen begreifen würde, dass er sah, was aber gar nicht das Hauptproblem war, den im Grunde war es Svenney nur egal.
„Tach" sagte er schlicht, was dem Gemüt und seinem Geistesgesamtzustand, am nächsten kam, den so war er der Sohn des O´Shea, simplen Verstandes.
Ein donnernde, eine tosende Stille kam, als Antwort nur der brennende Blick des Lektors war fast hörbar.
„Moin, moin", versuchte derer von O Shea´s es erneut, worauf ein Donnerndes „ein Moin genügt, Schwätzer" sich aus der tiefsten Dunkelheit materialisierte.
Nachdem der Donner dieser Stimmerscheinung sich gelegt hatte, spürte man wie der Raum und die Zeit, welche diese Ansprache benötigt hatte, sich verkrümmte.

Sich dehnte und andere Sachen vollführte, die
zu beeindrucken, wahrlich jeder geneigt war,
außer Svenney der den Zensor nur ansah.
Um den Lektor bildete sich eine Art
unheilschwangere Aura, die sich
zusammenzog, extrahierte und alles Sinistre
in diesem Raum strafte. Allein indem sie
schwärzer war, was langsam in den Augen
wehtat, Svenney fühlte sich, als würde jeder
Rest Licht aus seinen eigenen listig
blickenden Äuglein gesogen. Es ward wie in
der Finsternis gemolken und auf einem
anderen Weg in seinen Hinterkopf
zurückgeschickt, in dem es nicht viel heller
war.
„Ich habe Dein kommen erwartet," formten
sich Moleküle zu Tönen zusammen und
drangen so gefestigt in des Svenney Ohr, „Du
bist hier weil Du die Instruktionen benötigst,
einen Plan oder Navigationshilfen"
wummerte es bässlich, aus der umgebenen
Tiefe, in der einige Piezo Lautsprecher zu
stehen eher schweben zu schienen, die den
höheren Tönen, etwas Schwebendes gaben,
als würden die Klänge auf einem Teppich
gleiten.
Natürlich kannte Svenney weder Bässe,
Lautsprecher oder irgendwelche Systeme.
Schon Schnürschuhe stellten seinen Intellekt
auf die allerhöchste Anforderungsstufe und
doch war in dieser Unendlichkeit, ein

Soundsystem installiert. Eines dessen
Meega-Bass-O-matic, mit 13 stufen
Hypersound-O-Surround Endstufen mit
einem Logicprozessor, auf Basis einer auf
Kalotte gelagerten Phalanx. Welche nur den
Zweck hatte, dieses System so sündhaft teuer
zu machen, wie es einem Raum in der Größe
jenes Saales, geziemte. Ansonsten war der
technische Nutzen einer solchen Phalanx
umstritten, außerdem war die ganze Anlage
unsichtbar. Extrem trickreich in die
schwarzen Löcher integriert. Die sämtlichen
Schall sofort absorbierten und dann über
Wurmlöcher, die mehrere Ausgänge hatten,
einer Art Hyperstereo, die an jedem Punkt
dieses unendlichen Raumes gleichzeitig, jedes
Molekül anstoßen und zum Schwingen
brachte, was diesen ultrafeinen Klang
erzeugte.
Der Svenney stand still und desinteressiert,
nur irgendwo dazwischen und überlegte, wie
wunderbar seine Laute, die er so gerne
schlägt, wenn Melancholie sich über ihn
senkt, hier klingen würde und welche Macht
dieses ermöglicht. Vor allem wie man das bei
ihm auf dem Landsitz der O´Sheas ebenfalls
installieren könnte und ob er das dann
wollte.
„Den Schatz" schwollen die Moleküle wieder
zu Kaskaden reinsten Tones an,

„Zu finden bedeutet Gefahren zu überwinden,
Gedanken an Dich zu binden, lesen in der
Baumes Rinden“.
„Dort geschrieben zwischen den Herzen und
den Ausdrücken von Schmerzen,
welch Liebende in den Ast geritzt, neben dem
Einschlag nach dem es geblitzt,
wirst Du sie finden, sehend oder als einer von
den Blinden“.

„Ich sage es mit Milde, verlassen wirst Du dies
Gefilde, reitend bis zu dem Bilde, gezeichnet
darauf eine Magier Gilde,
das umzudrehen Du führst im Schilde, weil
auf der anderen seit,
wenn es ist so weit,
ein Plan steckt, der Deine Begierde weckt und
nicht verdeckt, es sei er ist verdreckt,
welchen Weg Du gehst und wenn Du nur hier
herum stehst.
Maulaffenfeil und dumm aus dem Wams nur
schaust,
du Dir die Chance verbaust, die Stationen zu
erreichen,
Dich macht von einem Armen zu einem
Reichen.
Tutst Du kein Jota von diesem Plan
abweichen.“
„Aber bedenke, wenn ich Dir dies Wissen
schenke
Deine Geschicke von hier aus lenke.

Deine Geschichte bleibt rein, keine Politik
und Gedanken vom Schwein.
Ich dulde keine Ferkelei, bleib stets dabei
Weil sonst den Stift ich senke, auf die Blätter
deiner Historie und ich denke, einen roten
Strich zu ziehen, den der Plan ist nur
geliehen.
Und wenn der Stift die Geschichte zerbricht,
die zu erleben, seist Du erpicht.
Keine Bernadette, keine Babette und auch
nicht die Janette raucht mit Dir im Bett, die
danach Zigarette."

Worauf aus der tiefsten Schwärze, ein
erhebender Frauenchor, erfreute des Svenney
Ohr, wie nie zuvor„Uaaaaaah Baaaby uhh
uuh aaaa", wie silbriger Glocken Klang, sich in
die Neuronen des SoS sang.
„So seist Du bereit, jetzt ist deine Zeit,
nur der Kojote überschreitet meine Gebote,
aber Du denk stets an die Note und erfülle
diese Quote.
Sauber in Gedanken, auch wenn deine Hosen
oft stanken,
reinen Herzens sollst Du sein, weil sonst hau
ich Dir eine rein.
Sittsame Gedanken, ein Gentleman wie von
den Franken,
nicht fluchen, nicht schimpfen, weil ich das
sonst streiche oder

Dich schlag mit einem Stock von der Eiche,
weil glaubs besser
ich nicht von deiner Seite weiche.“

„Für die Geschichte gibt es den Erzähler, der
seine Worte besser wählt, ER.“
Du bist nur die Erzählung, gratuliere zu eurer
Vermählung.
Ohne Dich der Erzähler nichts hat, was er
schreibt auf das leere Blatt.
Du aber Svenney der Held, bist es von dem er
erzählt,
und hofft, dass ich nicht den „Abgelehnt“
Stempel erwählt,
so seid ihr vermählt und in diesem Bunde, ab
jetzt bis zur letzten Stunde.
Bis der Erzähler schreibt von seiner Lende
und setzt das finale Wort, das da heißt ENDE“

Die Schwärze in diesem Raum wurde für
einen Nanobruchteil einer Äone milder,
durchsichtiger, die wohlmodulierte Stimme
klang nach und drang überall durch und
durch. So in den O´Shea, der keinen einzigen
Moment zugehört hatte, weil er Visionen von
sich, seiner Laute und diesem Raum, den er in
seiner Vision Club nannte und sich selbst DJ
Svenney. Der hinter kreisenden schwarzen
Scheiben stand, welche Klangteppiche
generierten, die erbaulich und schön, abgelöst
von stakkatohaftem Bass und gnadenlosen

Midranges einer Menge, die vor Erregung
niederbricht, Bewegungen abverlangte,
welche epileptischen Anfällen gleich, auf
einem Dancefloor vorgetragen unter den
Klängen„ this is my House and this is not your
House" später einmal einem
Pickelgesichtigen, schwindsüchtigen
Arschloch, als Remix Version, halb Berlin, das
Schloss Sanssouci und Anteile an einer
Parade, welche mit LKW´s stattfand,
bescherte.
„Nun Sir Svenney O´Shea" erklang es von
jedem Luft und Staubmolekül, der
Sub-O-phonetic gesteuerten Äther
Klangkörper. So glasklar und so
durchdringend, dass es sogar den Svenney
erreichte, der aber trotzdem nicht zuhörte,
weil er einen imaginären Crossfader, dazu
bewegte von einer der beiden kreisenden
Scheiben auf eine andere, wie er es nannte zu
mixen. Er kreierte einen „Übergang" der ihm
so gut gelang und gefiel, dass er in einer
imaginären Menge badete, die ihn feierte.
„Sir Svenney", setzte diese kristalline Stimme,
mit mächtigem Bass unterlegt, einem Timbre,
das man dem schmächtigen Kerlchen nie
zugetraut hätte, erneut an „Nun ist alles
gesagt und alles getan was für Deine Reise
und für Deine Aufgabe wichtig ist".
Der Lektor sprach es aus und wie von alleine
stand er von seinem Schreibtisch auf. Dabei

gleitend als würde er keinen Muskel benötigen, wechselte er vom sitzen ins stehen, schaute dem Svenney tief in die Augen. Ein Blick der jedes Hirn innerhalb Bruchteilen von 100stel Sekunden, die man in dieser Zeit aber nicht messen konnte, frittiert, geliert und dann durch die Nase austreibt. Doch seid unbesorgt, um unseren Helden müssen wir uns von daher keine Sorgen machen und so passierte dies nicht.

Die schwarze Luft hinter dem Lektor wurde um Nuancen heller und plastisch und plötzlich waren Bilder zu sehen. Zuerst formte sich eine Art Gitterraster mit Farbtafeln und den Initialen BBC British Broadcast Company. Darauf und dann sah Svenney sich selbst, aber da der junge Mann sich nie selbst gesehen hatte, erkannte er sich gar nicht, er fand nur merkwürdig, das wenn er den Arm hob es der „andere" ebenso tat. Es gefiel ihm, der Typ dort oben, war ihm sympathisch. Svenney hampelte mit sich herum, während der Lektor den ganzen Plan wiederholte, und etliche Informationen hinzufügte, das alles manifestierte sich auf dem hinter ihm laufenden C-O-lor Depard HX 12000 mit Endtron High Definition Luminatix. Dieser war eine Art extrem fortschrittlicher Monitor, der Raummoleküle statisch auflädt. Diese umformt und dann wieder zurück in die Ausgangsform bringt,

nicht weil das irgend einen technischen
Nutzen hätte, aber nur so konnte man diesen
High End Preis erklären, den dieses Bild und
Tonanlage kostet. Man muss davon ausgehen,
dass sie auf den Cent genau unglaublich teuer
ist, aber nur an 20% Tagen, an denen
Tiernahrung ausgeschlossen davon ist,
ansonsten schlicht nicht bezahlbar.
Auf diesem endoplasmatischen Ultra Fat
Screen konnte Svenney einmal grafisch alle
Details sehen, sämtliche Stationen und
Hindernisse die auf ihn warten. Auch wurden
mögliche Gefahren spielerisch in Szene
gesetzt und hätten mit der Figur vom O´Shea
zusammen agieren sollen, aber der hampelte
nur herum und betrachtete sich fasziniert
selbst, statt sich auf die Erklärung zu
konzentrieren.
Der Lektor indes schien über dem Boden zu
schweben, er hatte die Arme überkreuz und
stand steif in der Luft, sein Gehrock flatterte
und es ist zu vermuten, dass dies der
Dramatik wegen geschah. Die aber
wirkungslos verpuffte, weil Svenney gar nicht
hinsah.

Ein gewaltiges Fuuuump, lies alle Äonen in
diesem unendlichen, unwahrscheinlichen
Raum erstarren. Das Bild flirrte kurz und
rieselte dann zu Boden beziehungsweise das,
was man dafür halten sollte. Den tatsächlich

hatte dieser Raum weder eine Decke oder einen Grund, nur unglaubliche und unendliche Düsternis, was in dieser Erzählung ja wahrlich glaubhaft und mehrfach erwähnt wurde, wie ich meinen will.

Der Lektor schwebte noch immer dramatisch und ich überlege, ob ich jetzt erzählen soll, dass aus den unglaublichen Schallgebern, Lautsprecher sind das ja nicht annähernd, also sprach Zarathustra, erklingen soll. Aber lass es lieber, da ich die Phantasie und Vorstellungskraft meiner geneigten Leser oder Zuhörer, nicht überstrapazieren möchte. Wie er da so dramatisch wirkend, den Svenney mit seinem Blick fixierte. Bemerkte nur der aufmerksamste Zuschauer, wie ein leichtes Resignieren sich in den finstren, strengen Blick mischte und ein unscheinbares Schulterzucken, deutete, an das der Lektor jede Hoffnung fahren lies. Er tat es, indem er zu sich selbst sprach, was der willige Leser sich längst, ebenfalls schon gedacht hat.

„Was für ein DEPP"!

„Nun Svenney" sprach er erneut durch die zellulären Membranen, allen biologischen und nicht organischen Moleküle „wieso ausgerechnet Du auf diese Mission geschickt wirst, kann ich mir nicht im Ansatz erklären.

Der große Konstrukteur, wird schon wissen,
warum er Dich Flaschenpost losschickt.
Der Schatz ist nicht alles, was Du suchen
sollst, den kannst Du und die Deinen
behalten, aber dort befindet sich etwas,
wertvolleres, existentielles Unglaubliches, das
Du hierher bringen sollst.
Denn alles was Du hier siehst oder zu sehen
glaubst, absolut alles Existierende, hängt
davon ab, das DU es hierher an diesen Ort
bringst, und zwar schon bald. Den es beginnt
gerade alles, allmählich aus den Fugen zu
geraten, siehst du diese Dunkelheit diese viele
schwarze Materie?“

„Ja klar“ log Svenney, der nur halb zugehört
hat und damit beschäftigt war, die
Übertragung, die sein Bild in die Faltmatrix
projizierte, erneut zu starten.
„Diese Materie ist überall instabil und wenn
sie kollabiert, ach hat doch eh keinen Zweck,
vor mir steht ein Depp“.
Die Person des Lektors begann langsam nach
achtern zu entschweben, es sah aus, als würde
er auf Rollen stehen und von weit dahinter
würde ihn jemand zu sich heranziehen. Nur
wäre das unglaublich entfernt von hinten, den
dieser Raum war ja unendlich.
„Gehe nun dahin Sir Svenney O´Shea“ sprachs
und in seiner Hand materialisierte sich ein
Gehstock. Mit diesem deutete der Lektor auf

146

den SoS, drehte den Stock dann um seine Achse, was ihn daraufhin ebenfalls um seine Achse kreisen lies und ohne sich zu bewegen, entschwand der Lektor. Der dunkle, unendliche Raum um o´Shea, begann sich aufzulösen, eine letzte Kaskade reinster Töne und Klänge streichelte sein Ohr und dann stand Svenney wieder vor der Gartenlaube, in diesem riesigen Garten. Und er freute sich darüber, dass er sich eben selbst kennen gelernt hatte, und wünschte sich, mehr Zeit mit sich seinem Ebenbild gehabt zu haben. Den ihm dem Svenney O´Shea dämmerte, das er es nur sein konnte, der da vor ihm in der unendlichen Schwärze erschienen war.
Der aufgeschlossene Leser, vor allem der Aufmerksame wird sich fragen, wie ich der Erzähler aus dem Dilemma zu kommen gedenke. Das O´Shea alles aber absolut alles, nicht mit + hat, was ihm der Lektor mündlich, und grafisch sowie holistisch zu erklären versuchte.
Svenney mit dem gelinde gesagt Aufmerksamkeits- Defizit, hat überhaupt keinen Schimmer, er weiß wie immer nur extrem viel über gar nichts.
Ich gedenke da gar nicht heraus zu kommen, den ich erzähle ja nur die Geschichte, wie sie ist wahrheitsgemäß. Ich bin zu keiner Sekunde, je auf den Gedanken gekommen, den werten Leser anzulügen, an der Nase

herum zu führen oder ihm glauben zu
machen, Svenney sei ein echter Held, wozu?
O´Shea ist 100% selbst schuld, im Grunde
kann die Geschichte hier enden, weil es
fehlen so viele Seiten für ein Buch aber die
Story gibt ab sofort nichts mehr her.
Ein Held vor dem Abenteuer seines Lebens
und er hat keinen Schimmer, was er tun soll.
Leider beabsichtige ich mit dem Erlös dieser
Erzählung, teile der Mecklenburgischen
Schweiz, sowie den einen oder anderen
Vorort von Rostock zu erwerben. Im Übrigen
habe ich mich erkundigt, bei der Stimme, die
mir diese Geschichte einflüstert. Es wird
später so richtig schräg, mit Robotern,
Biegeeinheiten und komischen Typen.
Auf jeden Fall geht es weiter, mit diesem
Trottel als Held. Und irgendwie bin ich selbst
gespannt, also schreibe ich weiter, das wird
sich schon klären, es folgen ja weitere Bände
die Festung der Huren, auf Biegen und
Brechen und die Druideninsel, erst mal.

Der SoS wird die Suche fortsetzen und wenn
ich in diesem Moment nicht mal weiß, ob die
Flasche jemals in der Festung der Huren
ankommt, so weiß ich aber, das O´Shea sich
mit Whisky und Soda auf den Weg machen
wird.
Das heißt, während ich hier erzähle, bepackt
Svenney in diesem Augenblick sein Packpferd

mit Proviant und sein Reitpferd mit sich
selbst, aber das könnt ihr ja nicht wissen.
Denn ihr seht den O´Shea ja nicht, den
Anblick den Svenney bietet bei dem Versuch,
ein Pferd zu besteigen. Das Drama jenes Ross
dann in Bewegung zu versetzen, erspare ich
euch und schließe dieses Kapitel mit den
Worten, er sitzt richtig herum, wenn nicht
von Anfang an und reitet los.

10. Svenney auf dem Weg zur Hurenfestung

Svenney seit Ewigkeiten unterwegs, im Dienste der Bernadette so wunderschön und gefährlich, welche das Unternehmen finanziert hat. Jenes das o´Shea zur Hurenfestung führen soll, gammelte in die Grafschaft Limmerick und dies per pedes, weil Whisky sein treues Packpferd den Vorderlauf so widrig vertrat, das ein Bruch die Folge war. Soda sein weißes Stutentier, das unermüdlich Meile und Meile ihre Knochen zwischen seinen Beinen durchgeschüttelt hatte, während Svenney sich fragte, wieso der Adel einen solch noblen Sport wie das Reiten so ausgiebig pflegte.

Zum einen sinnierte er, müssen die feinen Herren und Damen sich um nichts kümmern und am Zielort erwartet sie jeweils eine Dienerschaft, die alles für die Rast bereitet und das Ross mit Zuwendung beschenkt. Er, müde von des Tages Ritt, sein Lager aber selbst zu richten hat und der „Fast" Tag täglich, da Nahrung im wilden Irland dieser Zeit in keinem Supermarkt, die gab es erst später, zu finden war, sondern nur im Tausch

gegen Geld, Gold oder anderen Gaben, zu
erwerben waren.

Svenney dachte kurz nach, etwas länger und
substanziierter und gab sich dann die
Antwort auf seine Frage, wann gab ich den
letzten Penny, der 10 Irischen Pfund, im
Tausch gegen eine Köstlichkeit und was war
es? Stew der Einheimischen Eintopf, ein Fraß
der Haare auf der Brust wachsen lies und der
dafür bekannt war das, das, was in den
Menschen hineingelangte, schlimmer war, als
das, was den Körper wieder verließ.
Außerdem ein irisches Bier, ein Smithwicks
das auf dem Kontinent unter Killkenny
bekannt wurde. Eine Mischung aus grottigen
Apfel Cider und einer Biersorte, für die man
in Germanien, mit allen Extremitäten,
zwischen 4 Rösser gespannt wurde.
Woraufhin vier Helfer den Rappen einen
Klaps auf den Hintern gaben, die dann in 4
Himmelsrichtungen davonstoben. Was den
Gelenken und Sehnen, des Delinquenten in
der Art zum Nachteil gereichte, als das sie
rissen und größten teils in die Richtung des
Pferdes mit entschwanden.
Übrig blieb dann nur, ein handlungsunfähiger
Balg mit einem Kopf daran, der sich nur
durch Spucken zu Wehr setzen konnte.
Whisky das Packpferd im Leiden erlöst,
wurde teilweise zu Proviant und wer glaubt,
das man Pferd doch nicht essen kann, der hat

keinen schottischen Haggis probiert und
kennt die englische Küche nicht. Diese
„Kochkunst" die genau dazu führte, das
England eine Kolonialmacht wurde, den viele
Seeleute so wird berichtet, sind nur deswegen
in die unbekannte Ferne, z.B Indiens und
Burma ausgezogen, damit sie mal was
Leckeres auf dem Zahn hatte. Wer einmal zu
einem Plumpudding eingeladen wurde oder
eine Gans mit Minzsoße überlebt hat, weiß,
wovon ich spreche.
Doch was ist mit Soda?
Das einst so stolze, wie weiße Reittier vom
Svenney, ein Schimmel wie aus dem
Bilderbuch war die lange Gefährtin des
Whiskys und des Verlustes ihres Geliebten so
gram. Das Sie sich erst gar nicht und dann
schmerzlich widersetzend von ihm trennen
konnte.
Das ahnen, dass in ihren Packtaschen, die
vorher Whisky schleppte, teile des stolzen
Hengstes in Ölpapier gewickelt, fett triefend
die Fliegen anzog, tröstete Soda nicht im
Geringsten. Der Appetit wollte sich nicht
mehr einstellen, obgleich die Wiesen um
Limerick saftiger und grüner waren, als alle
anderen Weiden im irischen Land.
Der Mangel an Willen und
Nahrungsaufnahme, schwächte die arme Soda
tag und täglich und sie konnte O´Shea nicht
länger tragen.

Das treue Pferd, bis zu letzt.

Da Huftiere von Natur aus ein langes Gesicht haben, fiel dem Reiter dies erst nicht auf ... wenn er abends an der Keule von Whisky nagte, die er sorgfältig über einem offenen Feuer grillte.

Das Leiden der Soda muss hier nicht weiter beschrieben werden, da der Erzähler, tote Tiere zu traurig findet. Aber es ward so und Svenney musste zu Fuß weitergehen, was er die letzten 3 Tage ausgiebig üben konnte, da Soda ihn ohnehin nicht mehr trug.

Da stand er, in der Grafschaft Limerick, ohne Ross keine Verpflegung, nur mit einem Bündel des nötigsten und dem Hinweis des Barden, dafür bis zum Knöchel im himmlischen Lös stehend, von Rehkleinkot oder einem würzigen Kuhfladen.

Aussichtslos war die Lage dennoch nicht, den die Stelle, an der er aus dem Wald getreten war, den er eine ganze Woche durchquerte, lag auf einer Anhöhe. So konnte er den Blick über das mossfarbene Tal nach vorne schweifen lassen, was eine nette Aussicht ergab, es war irischer Frühling und die Wiesen Grün und feucht und es war hügelig. Das im Westen, im Süden und im Norden, nur nicht hinter ihm, den da war er ja eben aus dem Tann entkommen.

Der Wald erinnerte sich Svenney gruselnd, Trolle die da lebten Kobolde und

154

Otterngezücht, garstiges Gewürm, mit dem er
sich Nacht für Nacht, herumschlagen musste.
Glücklicherweise nur spät, nach kräftigen
Schlucken des Poteen
(Irischer schwarzgebrannter Whisky) der eher
ein Vodka war, da meist aus Kartoffeln
gebrannt. Indem manch launiges Kraut von
Druidenhand gepflückt, mit in die
Steingutflasche eingebracht hatte ....
begannen die Wesen der Nacht ihren Weg zu
ihm zu finden und bedachten ihn mit allerlei
Schabernack.
Sie raubten ihm die Ruhe des Schlafes und
doch zum Morgengrauen, wenn Svenney den
fetten Kater zu kraulen begann, der in seinem
Schädel zu wohnen schien, verschwanden
diese Wesen, genau so wie sie gekommen
waren.
Die Landschaft die sich vor ihm auftat,
würden wir heute da unsereiner diese
Geschichte erfahren, mit der Kerrygold
Reklame gleichtun, die so streichzart und
doch frisch aus dem Kühlschrank, dank des
Tropfens Öl´s.... kommt.
Für Svenney der tagelang nur Bäume,
Schlingkraut und Giftefeu zu sehen bekam
und immer und immer wieder, an einem
Felsen vorbeikam, der wie ein sitzender alter
Bauer mit einem Sack Steckrüben aussah.
Was zum einen daran lag, das er im Kreis
geritten und später gelaufen war und zum

anderen, es sich tatsächlich um einen sitzenden alten Bauern handelte, der einen Sack Steckrüben neben sich stehen, hatte. So war der Anblick der unendlichen Wiesen, Hügeln und wieder Gräsern, doch deprimierend, ein Umstand, den Irland seine Kunst verdankt, eben berühmte MALT´s zu brennen nach deren Genuss der traurige Steinbrocken mit Wiesen, namens Irland wieder halbwegs attraktiv rüberkommt. Schottland hat seine Fertigkeiten im Destillieren dem gleichen Umstand zu verdanken, die Landschaft dort ist auf die selbige Art, extrem beruhigend. Dauerregen der als Nieselregen (mildes Depressivuum)fällt, lässt den Fuß ebenso schön einsumpfen wie in Irland.

Dies ist mein Land, die Heimat der O´Shea´s sprach es und setzte wieder einen Fuß vor den anderen. Eigentlich war der Wald gar nicht so groß, stellte Svenney fest, als er tat, was Wanderer und reisende tunlichst vermeiden, er blickte kurz zurück. Eher war es ein Wäldchen, das er tagelang durchmessen hatte, er wollte sich darüber Ärgern, aber noch ging es ihm in dieser Periode seiner Reise recht gut. Wenn man davon absah, das sein stolzer Hengst und die weiße Stute und sein Proviant .... Reisen heißt aber Opfer bringen, dahin waren, er beschloss sich nie mehr um zu drehen und zurückzuschauen.

Aber genau das hätte Svenney tun sollen! Es war am späten Nachmittag, überall geknittiche und Paarungslaute, der Vögel und unteren Tierarten. Eines schönen Sonnentages, was ich deswegen erwähne, weil solche in Irland wahrlich etwas Besonderes sind. Von den Einheimischen gefürchtet, den an Tagen wie diesen bekommt ihre vom Whisky gesetzte Realität, wie die Welt aussehen würde ohne Regen und Nebel, immer Risse.

Wie er da spaziert forschen Schrittes und frohgemut, vor allem seit einem Tag nüchtern, was dazu führte, dass er im Wald mal 1 Stunde geradeaus lief. An dem Felsen der wie ein Bauer aussah, sitzend mit Sack, vorbei und endlich dort hinausfand .... da stellten sich ihm die Nackenhaare. Ein Zeichen, den das passierte dann, wann immer sein Instinkt anschlug, ihm etwas mitteilen wollte, ihn warnen oder, wenn er das Fräulein Elisabeth sah. Daheim in dem kleinen Dorf, indem die O´Sheas ihr Anwesen hatten. Die „Lissy" war so hässlich, das ihre einzige Aufgabe darin bestand, morgens die Eier in der Dorfschänke ab zu schrecken, indem sie einfach den Topfdeckel anhob und in das siedende Wasser mit eben diesen Eiern linste.

Elisabeth war die Tochter des Gärtners, der
eine große Gärtnerei hatte, in der er die
wunderschönsten Rosen züchtete, aber auch
den Rhododendron für den Adel und gemeine
Petunien und allerlei anderes Geblühe.
Doch seid seine Tochter das Licht der Welt
erblickte und bei deren Anblick die Hebamme
sofort erblindete, liefen die Geschäfte immer
weniger gut. Die Rosen verdarben, der
Rhododendron verholzte oder entwurzelte
sich selbst, wann immer die kleine Lissybeth
bei den Beeten spielte.
Svenney tat die Tochter des Gärtners leid, was
nicht bedeutete, dass er den Mageninhalt bei
sich behalten konnte, wenn die junge Magd
ihn ansah. Elisabeth schielte, sie Silberblickte
so gotterbärmlich, das arme Ding, welchen
Hass musste die Natur haben, ein Mägdlein
fein, so zu verunstalten. Dieses schielen, wenn
die Kleine Elisabeth weinte, liefen ihr die
Tränen den Rücken runter, so weit standen
die Blickachsen voneinander.
Später als Eheweib war das praktisch, dieser
Hausfrauenblick, links nach der Wäsche,
rechts zu den Klammern.
Aber um Hausfrau zu werden, fehlte der
passende Freier und so blenden wir wieder zu
Svenney, dem sich die Nackenhaare stellten.
Er spürte etwas, da war was ..... Angst ein

Gefühl, wühlte sich in seine Eingeweide, zog
sie zusammen, schnürte sie und lähmte ihn.
Aber erst frisch geschworen, nie mehr eines
Blickes achtern zu verschwenden, stapfte er
weiter . Da überkam es ihn, zuerst als
Geräusch, ein sirren und flirren, das zu einem
Flattern anschwoll und näher kam, dann sah
er erst über sich sogleich vor sich einen
Schatten. Die Luft kühlte ab, den die Sonne
schien sich zu verdunkeln und dann war es
über ihn weg und gleichzeitig schlug etwas
auf sein ledernes Wams, gegürtet mit feinen
Schnallen aus Silber und von zarter
Maidenhand bestickt. Svenney sah die Gefahr
fliegend entfleuchen und doch fühlte er sich
beschissen wie selten zuvor, er Schaute auf
sein Wams und es ward so. Der Greif, der ihn
überflog, machte eine elegante Schleife, setzte
zu einem Steilflug an. Gleich darauf wendete
er auf den Rücken und vollendete den
Looping, um zu sehen, warum das Männlein
da auf Erden so fluchte, erkannte es nicht und
setzte zu einem dramatischen Landeanflug
an.
Der Greif konnte sprechen, das war das Erste,
was Svenney an Merkwürdigkeiten an dem
Vogel aufgefallen war. „Siehst beschissen aus“
sprach der Raubvogel.
Gott zum Gruße edler Schildherr vom
O´Shea, wenn ich nicht irre.

Svenney dachte bei sich, wenn das nicht irre ist, bin ich kein Ire ..... und setzte an zu fragen, woher der Geier aus dem Wunderland, den seinen Namen wusste, es gab kein Google.

Doch die Kissenfüllung, Greife haben feinste Daunen und in Limerick werden die besten aller Linnen mit Greifendaunen gefüllt und an den Hof geliefert .... sprach erneut,.... O`Shea, ich wurde geschickt, um den rechten Weg zu weisen, mir scheint, ihr habt nicht mal einen Kompass, keinen Plan. Von der Ahnung nur bescheiden benetzt, seid ihr der Tage viele, nur im Kreis gelatscht und jetzt, in dieser beschissenen Lage (der Greif grinste sein schrecklichstes Grinsen) sehe ich euch schon wieder einher tölpeln und des Weges Ziel verfehlen.

Svenney ein ganzer O´Shea immer Herr der Lage erwiderte forsch, „äääähh Häää"?? Watt?
Der Greif öffnete die Schwingen, nebenbei und formte mit den Flügelenden einen Zeigefinger, nach dort hin wirst Du Deinen Kadaver sofort entheben. Folge dem Pfad, der wird zu einem Weg führen, halte er sich immer rechts, gehe dann geradeaus und Du wirst an eine Straße kommen. Dort bleibe

rechten Wegs, aber nur ein kurzes Stück,
sonst gehst Du ja wieder im Kreise.

Ich suche ja den Kreis Limerick, Svenney
sprach es, doch der imposante Vogel hob
mahnend den Flügel, nur ein kleines Stück,
den da wirst Du an eben dieser Straße einen
Hinweis sehen, ihn zu erkennen, wird Deine
nächste Aufgabe.
Deutest Du ihn, wirst Du belohnt und findest
den Ort deiner Begierde ohne Umweg.

„Wie" ….. „So sag mir, wie sieht der Hinweis
aus, nach was halte ich Ausschau?
Der klügste Sohn deines Vaters bist Du nicht,
wonach hält man an einer Straße „Tour de
Horizon", wenn man auf Reisen ist und
erfahren möchte, in welche Richtung man zu
gehen hat, sofern man fremd ist?

„Sag es mir, sag es mir doch" bettelte Svenney
zu dem Vogel, der die Augen theatralisch
verdrehte.
Ein Schild Du Depp …. einen Wegweiser,
lesen wirst du doch können, als Sohn vieledler
Lehnsherren??

Sprachs und öffnete die Schwingen, erhob
sich und flog davon.

DER GREIF

O´Shea tat wie ihm geheißen und machte sich auf den Weg. Er folgte dem Pfad, bog rechter Hand ab, fand den Weg, den er entlangging, bis er eine Straße kreuzte und dort wandte er sich rechter Dinge zu und erblickte redlich, ein Schild, an einer Kreuzung!

Duun Bleisce Donn des Irischen gut mächtig der Festung der Huren las er, was sich gut traf. Den ward der Hinweis auf dem Schwert, wäre seine Information nicht jene, das eine Hure vom Barden einen Ring als Pfand einbehalten hat. Welcher dann den nächsten Hinweis gab und gleichzeitig ein Schlüssel ist, für ein unbekanntes Schloss in den er passte, das verbarg, was dahinter lag und Svenney O´Shea näher an den Schatz bringen sollte, nein würde!???

Lächelnd scherte er in die Richtung, schritt weit aus und pfiff eine Melodie die Paul Mac Cartney später, als we all life in a Yellow Submarine veröffentlichte. Von dessen Tantiemen er sich Sussex Süd Essex und weite Teile von Kent kaufen konnte.
Etliche andere Sachen, nützliche sowie die er nur haben wollte.

11 Dun Bleisce Doon, die Festung der Huren

Derweilen in Dun Bleisce Doon   die Festung
der Huren.
Dunkel war es rings um ihn herum, der
Schädel hämmerte. Musik, Geige, Flöte Gott
weis was, säuselte von weiter Ferne, eine
schöne Melodie die Paul Mac Cartney später
als hey Jude, so viele Tantiemen einbringen
würde. So das er das Westend Londons, die
Docks, Teile von Wales und den Rest von
Kent kaufen konnte. Aber alles fühlte sich so
unwirklich an, das jucken am Gemächte, der
Schmerz tief im Kopf, das was in seinem
Mund, Herr lass es einen Priem Kautabak
sein, sich festgesetzt hatte und irgendwie,
ward ihm dusselig!
Sir Roland von Edinburgh erwachte aus dem
Dunst, dem süßen Nebel der ihn die letzten
vielen Stunden oder waren es Tage, umgab.
Der Dampf, der dem Mohnsaft entstiegen
war, der als harter Klumpen dunkelbraun fast
schwarz. Dafür klebrig wie die Möse einer
nubischen Wanderhure, mit einem Stück
Holzkohle in einer Pfeife, steif wie eine Oboe
und ebenso quäkend, in Brand gesetzt, vom
Baader gereicht wurde.

Der Baader, später in der Geschichte gab es
eine terroristische Vereinigung, in
Germanien. Das da schon Deutschland hieß,
aber ich stehe hier unter EID, nichts wirklich
gar nichts, mit der Bande der Baader Meinhof,
später die RAF genannt, zu tun hatte! Der
Baader war vielmehr ein Geselle, Mitglied
einer Zunft und eher mit einem Bademeister
zu vergleichen, in einem türkischen Bad oder
HAMMAM.
Seine Aufgabe war es der Huren Leiber und
des Freiers Körper, zu erquicken, zu baden,
salben und allerlei wohlfeiles Gefühl in diesen
ihm anvertrauten, auszulösen.
Dazu gehörte die Massage, das kneten von
Rücken, Beinen, Armen, wie einen Brotteig
immer und immer wieder unter zu
Zuhilfenahme von Ölen und Essenzen. Laken
in Maulwurfsmilch getränkt, die nur in
Vollmondnächten dem weiblichen Wurf
entnommen und auf die Laken verbracht,
dienten dem Wohlbefinden der meist
damenhaften Gäste des Baaders. Indem er die
Leiber darin hüllte, eifrig Kräuter dazu tat
und das Bündel auf eine Bettstatt verbrachte,
auf das Ruhe einkehrte und der Stress aus
jenem Verband entwich.
Der Urururururur Enkel dieses Baaders,
arbeitet heute in einem Hotel in
Warnemünde. Er nennt sich Masseur und
arbeitet in einer Einrichtung, die man modern

SPA nennt. Der wesentliche Unterschied ist,
dass man den Baader damals wie ein Stück
Dreck behandelte, was ungemein ungerecht
ist. Den sein Beruf war äußerst rein und
hygienisch. Er verdiente wenig, eher schlecht
und war auf Trinkgeld angewiesen, das er so
nannte, weil es seine eigene Passion, den
irischen Whisky befriedigte, dem er zugetan,
der ja kostete, nicht gratis zu haben war.

Der Baader hatte aber in Anlehnung an das
Berufsbild das wir heute Betreiber eines
Coffeeshops in Amsterdam nennen würden,
den Auftrag, für süße Träume, Schlummerle
zu sorgen. Er hatte Pfeifen zu füllen diese
dem Gast, meist die Männlichen, die Freier
genannten, zu entzünden ein zu rauchen und
das Mundstück der Pfeife darzureichen.
Ich begann jetzt zweimal mit dem Anfang
eines Satzes der Baader, bevor ich in
Erklärungen abschweifte.
DER BAADER und hier greife ich wieder in
die historisch einwandfrei überlieferte
Geschichte ein, die somit nie niemals von mir
selbst sein kann und jetzt ein dritter Versuch,
der Baader stand genau hinter Sir Roland.
„Noch eine Flöte Sir?" Er meinte damit eine
weitere Traumpfeife mit dem süßen
Vergessen, der Reise durch den Nebel, der.

Alles so schön fluffig machte, den Schmerz,
dank seiner Anteile aus der gleichen Pflanze
dem roten Schlafmohn gewonnenen,
Morphine linderte, dem durch eine
Hafenhure der Bretagne beigebrachten Bonus,
eines Trippers, im Krankheitsbild meist
schmerzhaft verlaufend.
Hebe er sich hinweg, dringende Geschäfte
erwarten mich, sprachs und eilte in die
Kammer mit dem Herz in der Tür, wo alsbald
übelste Flatulenz davon zeugten, wessen sich
der Schmock entledigte.
Derweil, einen Stock tiefer in einer der
Kammern, welche bewohnt von den Dirnen,
dem Zweck galten, dass Männliche sich ihrer
Triebe hingaben.
Ich habe es kommen sehen, einer der
geflügelten Sätze, wenn der Wüstling, sich
dem Munde bediente und sogleich er den Saft
spürte, den Schaft aus dem Maule riss und
sein Ejakulat gen das Weibes Gesicht
schleuderte.
In der heutigen Pornoszene wird das
nüchtern als „der CUMSHOOT" umrissen,
was in einer Totalen endet. Das heißt, die
Kamera leicht entgegen schwenkt aus der
Naheinstellung, wo eitrige Flüssigkeit mit der
Konsistenz Kalorien reduzierter Salatsoße.
(Das habe ich aus dem kleinen Arschloch
geklaut) langsam der Schwerkraft sich
beugend, den Gang abwärts antritt, um sich

als Rinnsal auf den schweren Brüsten zu sammeln. Dann weiter zum Nippel zu fließen, wo der schleimige Fluss sich stürzend auf die Vulva tropft, wo er im Schamhaar im Laufe der Zeit und je nach Hygienegelüste der Dirne langsam oxidiert.

Zurück zu der Nutte, die spanische Hafenhuren, nein nicht Lassmiranda den Sevillia, sondern Maria, einfach Maria, nicht einmal Maria Magdalena, dem gleichen Beruf gebunden, aber schon 1700 Jahre plus einiger Jahrzehnte vorher. Die Schlampe des Messias, heilige Hure, des Herrn seine Liebe, wie man sich bettet, so liegt man. Ja Christus starb am Kreuz, hängend, was dem geneigten Leser ebenso eine Warnung sein sollte, wie jedermann sonst, der im roten Licht wandelt. Maria so wunderschön, sie war schön, schlank wie ein Rhabarber Stängel, sich wiegend im Wind, Hüften deren Gebärfreudigkeit der Aufnahmefähigkeit in nichts nachstand und das Mieder erst, prall standen die Melonen zur Ernte bereit. Das schwarze Haar, das so glänzend war, das sogar ein Blauschimmer in der Sonne zu sehen war. Sonne die zwar selten schien im Irland dieser Zeit, aber so wahr ich hier sitze und die Erzählungen von damals aufschreibe. Es war so schwarz und glänzend und blauschimmernd, das jemand,

Beim Baader

der genau auf sowas abfährt, jetzt mit einer
mächtigen Erektion dasitzt.
Konzentration, anscheinend gefallen mir
schwarzhaarige Dirnen selber, wenn auch ich
eine Aufrichtung niemals zugeben würde.
Liebe Maria, ich muss mich konzentrieren.

Geht nicht!

Überspringen wir die schwarzhaarige Maria
und wenden uns der MAMA SAN zu.
Was ist eine Mama San? Ja heute würden wir
bei Google finden ...

Der japanische oder eher Siamesische der
Begriff Mama-san bezeichnet meistens eine
mütterliche, geduldige Barfrau, die
unermüdlich zuhören kann. Zu ihr kommen
die müden Angestellten nach dem langen
Arbeitstag und erholen sich bei Whisky und
Bier. Die Mama-san schenkt ihnen aus ihren
eigenen - mit Namen versehenen - Flaschen
nach und serviert kleine Happen. Meist
einmal im Monat kassiert die Mama-san die
Zechen. Viele Unternehmen haben für diesen
Zweck sogar eigene Konten eingerichtet.

Mama-san bezeichnet aber vor allem Frauen
mit kontrollierenden Funktionen im
Sexgewerbe.

In Siam ist eine Mama San, nur eine
Puffmutter, mit allen Pflichten und
Privilegien, sie verwaltet die Bar, teilt die

170

Mädchen ein und bemuttert sie, nutzt sie aus,
den das Gewerbe ist hart.
Die Mama San, die höchste Hure im Hause
ist, man ahnt es schon, eine Asiatin.
Eigentlich ist die Mama San, Zweipuffmütter,
Song auf siamesisch (2) Mamasan´s und das
stimmt.
Die Mamma San ist ein siamesischer Zwilling,
an den Hüften verwachsen, teilen sich
Wannaporn und Supaporn, ich weiß wie
grotesk diese Namen klingen. Trotzdem sind
sie echte traditionelle buddhistische Namen,
die im heutigen Thailand damals Siam gerne
vergeben wurden und mit dem, was wir mit
der Endung Porn verbinden, gar nix zu tun
haben.
Porn bedeutet in der siamesischen
Mythologie! Wunsch des Buddha“.
Ja was wissen wir uns schon, was ein Mönch
aus Nepal sich wünscht, das gleiche eben,
auch er ist nur ein Mann.

Die Mama San, war einst ein Star in Japan,
geboren in Chiang Mai, Siam, eine Lanna,
halb eine Mon deportiert aus einem Bordell
an der Seidenstraße. Auf dem dem Weg wo
die Salzkarawanen von Indien nach China
zogen und das horizontale Gewerbe wegen
der seidigen Haut der Siamesinnen und ihrer
Hingabe an die Reisenden, seine Wurzeln
hatte.

Die Wiege der Prostitution, der Norden
Siams, da wo Tachilek die Grenze des
Goldenen Dreiecks bildet, nach Burma, das
schon bald britischen Einfluss erfahren sollte.
Und der englischen Küche, was von der Sicht
der Burmesen gut ist, den genau das war ein
triftiger Grund sich gegen die Kolonialmacht
England zu widersetzen.
NO MINZ, war die Devise, der vom ewigen
Pfefferminz, in Soßen, in Puddings wie
Süßspeisen angeekelten Kolonialisierten.

Ich beginne zum dritten Mal mit,
„die Mama San" ja den diese stand an ihrer
Bartheke, der größten Bar in Dun Bleisce
Doon   die Festung der Huren, ihre Bar hieß
schlicht LOLAS Pinte.

Lolas Pinte, die Chefin(en) Mama San Supa
und Wannaporn, eine siamesische Zwillings
Missgeburt, an den Hüften verwachsen 2
Arme, 2 Köpfe, eine Möse und nein KEINE 3
Titten nur. Fast alles normal, bis auf die 2
Köpfe eben, betrat das Etablissement.

Totenstille ... direkt beim Eintreten dieser
imposanten Erscheinung. Nur das Quietschen
einer angetrockneten Fotze, die sich zuvor zu
den Rhythmen, eines Songs, den Paul Mac
Cartney später mal als Penny Lane
komponierte. Dessen Tantiemen ihm

172

ermöglichten Wales, the Islands of Isle,
Leicester, Birmingham, Cambridge, Leeds und
den Rest von London zu kaufen, an einer
Stange drehte, dem Quell des angetrockneten
Fotzesounds, war zu vernehmen, wenn auch
leiser werdend.
Die Mama trat ein, sie kam, sah und genau,
siegte wie einst Cesar, aber wollte es gar
nicht. Die stille gefiel ihr nicht, passte nicht
zu dem Ort, der Sünde, der Völlerei, der
Huren und dem süßlichen Duft des
Mohnsaftes, dennoch sog sie die Angst, den
Respekt, den ihre Erscheinung hervorrief. Sie
genoss höchstes Ansehen und Achtung .... die
Mama San. Einst der Star in japanischen
Bordellen, da die beiden, die sich so eins sind,
wohlhabenden Geschäftsleuten zugeführt
wurden. Den was ist eine größere Ehre als
einen siamesischen Zwilling, der dazu aus
SIAM stammt, wenn Chiang Mai damals das
Land der Lanna und Mon war, aber Siam
zugetragen wurde, zu begatten?
Zwei Köpfe, zwei Seelen, nur eine Pumpe, was
dumm ist, wenn eine von beiden dahin siecht.
Die andere das gebrochene Herz, herrührend
des Liebeskummers, in Irland broken Heart
genannt, ebenfalls empfindet. Was Paul Mac
Cartney zu einem Song inspirieren würde, der
ihm zweifellos Coventry, Manchester, die
Reste von Leeds und das komplette London
zu kaufen ermöglichen würde.

Ihr nüchterner Blick, sie hatte, seid 2 Stunden
nichts Festes gegessen, erfasste Yukomi
Fuutzuuueng, eine ehemalige Geisha, man
munkelt .... nein irgendwelchen Gerüchten
geben wir keine Nahrung, deswegen die
Fakten:
Yukomi Fuutzuuuueng, Dirne aus Kyoto,
verschleppt durch, von durchgammelnden
irischen Fischern, angeheuerten Häschern.
Heute würde man Casting Crowd zu den
Loosern sagen, die ihr Geld damit verdienen,
die Frau zum Bauern zu führen, der in
Landwirt sucht Schickse, den Rest seiner
Würde verlieren wird. Sollten Monsanto
Skandale aufgedeckt werden und tatsächlich
eine Triene so blöd ist, ihre Koffer in die
Tenne eines Landwirts zu stellen. Yukomi
aber, stand da neben der Bar in ihrem KI MO
NO.... ich erwähne es gerne, den es ist wahr
und ich steh auf so etwas, der Kimono war aus
feinster Seide. Schwarzer Naturseide,
Ornamente aus Lotos und einem sitzenden
Buddha, was zusammen passt, den zufällig ist
der Lotos das Symbol Buddhas. Dies habe ich
nur erwähnt, damit dem Autor, also mir eine
gewisse, wenn bescheidene Kenntnis dessen
attestiert wird, von dem ich hier schreibe,
Dieser Kimono, war nicht sorgfältig
verschlossen, er klaffte wie ein Kaftan auf und
der Blick fiel auf die Brüste. Derer nicht 3 und
nicht 1 sondern wie Zwillinge 2 neben und

beieinanderlagen, die dünne Seide spannten, trotzend der Oberweite. Sie konnte nicht verhindern, dass die Warzen, die wie Stahlstifte, welche die Marine in den Kiel trieb, um die Spannten mit dem Rumpf zu verbinden, haltbar zu vereinen, lüstern, provozierend emporragten. Währe der Kleiderbügel schon erfunden, welchen Spaß für den Galan, sein Hemd an eben diesen, dort auf zu hängen.

Yukomi die Sünde, Fleisch geworden und schon mit 14 scharf. Scharf wie ihr handgeschmiedetes Oshiri-Schwert, das einst ein Mönch ihr übergab, mit den Worten, nimm das. Was Yukomi tat und es seitdem bei ihr war und das sie trug, in einer speziellen Scheide. Weswegen man sie den stählernen Gaumen nannte, nicht weil Sie Chili ohne zu röcheln schlucken konnte, sondern weil, sie es oral aufnehmen konnte, das Schwert.

Aber es gab einen weiteren Trick, mit dem Sie Ihre Gegner verwirrte. Wenn Sie das Schwert aus der Scheide zog, wahrlich wie es dort hineingelangt ohne die Kriegerin zu verletzen, und dann so schnell gezogen werden konnte, aus der gleichen Rille, sie ihr Wasser abschlug, ein Phänomen.

Die personifizierte Sünde.

Wieso ich diese Schlampe so ausführlich erwähne, kann ich jetzt gar nicht mehr sagen.

175

Sicher weil ich einen Hang zu Asiatinnen
habe, oder nicht, mit der Geschichte, die ich
hier ausgegraben habe und erzähle, hat sie
nichts zu tun, gar nichts. Ich garantiere nicht,
dass sie später nicht nochmal auftaucht, aber
wahrscheinlich tut sie es nicht. Wieso, weil
sie einen Kimono trägt, was mir dem Erzähler
gefällt?
Wir befinden uns in Irland, aber bisher nur
williges Fleisch aus Asien ....

Weit gefehlt, Cloe eine gebürtige Irische,
deren Eltern aber von dem Festland stammen
und leider aus dem Land, das Oberschenkel
und Unterschenkel, einer grüner Lurchart als
Delikatesse abstempeln.

Sie ist Blond, blaue Augen ..... eher
germanisch, aber nein sie ist Irisch mit
Wurzeln aus der Bretagne, ein Hybrid, wenn
man den Kontinent und vor allem
Froooonkraisch, mit der Grünen Insel Tribut
zollt.
Ist Cloe für die folgende Geschichte von
Belang?
 Momentan sage ich mal nein, aber doch. ......
ich glaube nicht.

In einem Porno von Russ Meyers würde sie
eine Rolle spielen, die Hauptrolle, 96 DDD
tripple D ohne Silikon, das es im alten Irland

gar nicht gab, machte sie zu einem
heimlichen Star in MAMA San´s Pinte!
Wir werden sehen.
Die Festung der Huren, das war der Name des
gesamten Ortes, im Übrigen bis heute in
Irland genau so zu finden, womit ich mich
mit meinem Namen verbürge. Dieser indes
tut hier nichts zur Sache.
Aber so ist es.
Natürlich muss ich dem Film, der im Kopf
abspult, ein bis mehrere Filter auflegen, den
sicher darf man sich diesen Ort Dun Bleisce
Doon, nicht als eine Burg, eine Mauer, einen
Wall vorstellen. Eher eine Festung gemörtelt,
grob behauen und Waffen strotzend,
Kanonen die wie ein Phallus in den Himmel
mit 90 Grad aus der Mauerritze starren.
Zinnen die wie Tittchen oder Brüste geformt,
auf den Wällen thronen .... Huren wie
Amazonen, all überall auf den Mauern, Eros
verteidigend und garstig wider jedes
Eindringlings.
Nein, Dun Bleisce Doon, ist ein absolutes, ein
armseliges, gotterbärmliches Dreckskaff und
das dazu in Irland liegt. In Limerick, dem
Südwesten von Sir Irish Moos, ach aber nein,
dieses Rasierwasser wurde erst später
bekannt, sicher wurde es schon benutzt, nur
wenn interessiert es.
Dun Bleisce Doon, damals wie heute und
früher, ein Loch. Hier und genau hier wurde

der Begriff, das Wort das Geflügelte geprägt,
„ich möchte hier nicht, TOT über dem Zaun
hängen".
Ich persönlich, würde lebend weniger gerne
über einem der Zäune dort aufbammeln, aber
das ist nur meine Ansicht, bescheiden halt die
eigene Meinung.
In Dun Bleisce Doon, regnete es öfters, als im
Rest Irlands oder Englands und Wales, Nebel
gab es im Durchschnitt mehr, als anderswo
auf der Insel.
Recht clever von der Natur, die damit die dort
lebenden Menschen nur Schützen will, den
wer geht bei Sauwetter vor die Türe und
innerhalb, der Wohneinheiten in Dun Bleisce
Doon, war es gar nicht mal so übel.
Ausnahmen bestätigen die Regel, vielleicht
komme ich später im Text, dieser garantiert
historischen Überlieferung dazu,
wahrscheinlich vergesse ich es aber wieder,
den es gibt ja so vieles zu berichten.
Der Nebel hat die positive Eigenschaft, das
ganze Elend einzuhüllen. Fotografen und in
der Epoche soll schon manches Silbersalz auf
Glasträgern zu einem Bild belichtet worden
sein, was nicht stimmt, den Daguerre hatte
diese Idee erst 1837, im 19 Säkulum.
Zumindest aber und so ward es überliefert die
Camera obscura vom 11 Jahrhundert und Ende
des 13 Jahrhundert zur Sternenbeobachtung
eingesetzt worden.

Vor allem auf der Insel, in Greenwich gab es
Camera Obscuras in Raumgröße.
Wobei die Linse 1550 wiedererfunden wurde
und man schon Bilder auf Papier herstellen
konnte.
Ein wenig abgeschweift, die Bremse gezogen,
was ich dem geneigten Leser vermitteln
wollte, ist der Nebel gnädig, er hüllt jenes
extrem langweilig bis widerwärtige Nest sanft
ein und der Fotograf beschreibt dies mit dem
positiveren Wort MONOCHROM. Genau so
ist Dun Bleisce Doon, sterbenslangweilig.
Gäbe es da nicht, Gebäude mit sehenswerten
Innenseiten und pulsierenden Leben. Z.B
Lolas Pinte, aus denen, der dem Leser dieser
Zeilen geneigte Erzähler mehreres zu
berichten bereit war und sollte Sie das nicht
glauben so blättern sie einige Seiten zurück,
all das war dort und hat sich so wie berichtet,
zugetragen.
Was bisher unerwähnt blieb, wird sich in den
folgenden Seiten erschließen.
Lolas Pinte, lag am Dorfende, das Gebäude
rechtfertigte diese Lage, den es war hässlich
und obszön, alleine die Farbe, der Fassade,
welche die Eigentümerin sicher, zum
Zahnbelag gewählt hatte, war grausselig.
Dazu bissen sich die Holzintarsien, die
kunstvoll kitschig, an ein paar gespreizte
Beine erinnernden, Balken die den Türstock
bildeten. Diese Idee stammte von Cloe.

Eine Klingel gab es nicht, den Edison hätte
schon im 18 Jahrhundert leben müssen, wären
seine sämtlichen Urgroßväter nicht so
schüchtern gewesen, hätten ihre Frauen
früher kennen gelernt und würden 2-3
Generationen überspringen können.
Hinein gelangte man trotzdem, den es gab
einen Klopfer. Ja man ahnt es schon,
Hurenfestung, es war ein Körbchen DDD, mit
heute würde man sagen einem
Nippelpiercing, dass man klopfend auf eine
Holzplatte schlagen musste, der Schall, der
frei wurde, weckte Gesinde, welches den
Einlass begehrenden einließ. So war das
damals.
Eingetreten war man rasch, aber weggetreten
schneller, den passte Deine Visage dem
Ostiarius oder dem Pförtner nicht, heute
nennen wir solche Figuren konkret Alder,
krasses Türsteher. Dann passierte es gerne,
dass sich etwas waaaaaaaahnsinnig schnell
von links näherte, was sich leicht als
Backpfeife herausstellte, nicht gefährlich, aber
ebenso schmerzhaft wie vermeidbar.
Schaffte man es, an diesem Ostiarius vorbei
zu kommen, und stand dann im Schankraum,
was er ja war, den gesoffen wurde dort
reichlich, in Fachkreisen nannte man es aber
den Animierbereich. Ich selbst finde den
Begriff für dümmlich, den die Chefin und die

erste Hure, beiden hießen gar nicht Ani oder
Anim und der Bereich, war eh für alle da, von
daher, nennen wir es die Schänke.

In dieser Schänke gab es Regeln.
Aber die Christen hatten 10 Gebote, eigentlich
13, nur Moses der Trottel, lies ja 3 Tafeln
fallen, als er vom Berg stieg, hat zum Glück
keiner gemerkt und die Christen hätten eher
mehr, Verbote. So habt Freude Leute, Freude.

 Die erste Regel lautete,
Die Mama San hat das sagen.
    Die zweite Regel lautetet,
Hört auf die Mama San.
    Die dritte Regel lautete,
alles läuft, wendet sich und dreht sich um,
in und mit der Mama San,
    Regel Nummer 4 war eher so eine
allgemeine Belehrung, der Mama San
entsprechend.
    Regel 5 dagegen, war sehr speziell, weil sie
Irgendeinen Scheiß, mit Mama San zu tun
hatte.
Weitere Bestimmungen erörtere ich gerne auf
Anfrage, aber sie sind Abhandlungen, was bei
Verstößen der Regeln 1-5 so alles passiert.
Da reicht jetzt der Platz nicht, manche
Angelegenheiten, die dort beschrieben
werden, appetitlich ist nicht das Wort der
Wahl.

Im Schankraum passt von daher als Begriff besser als Animierbereich, weil dort wurde einem gerne mal eingeschenkt, und damit meine ich nicht in Krügen und Bechern.

Geprügelt wurde dort rund um die Uhr zu jeder Zeit der schwächste und aller Kraftloseste, war man nur schlapp, konnte man Glück haben, das keine Kapazität frei waren und man konnte in Ruhe saufen. Brot und Spiele, die gab es ja im Rom. In Lolas Pinte gab es Suff und Scherereien, man hatte beim Eintritt ein Recht erhalten mit einer Garantie sogar belegt, das man Ärger erwarten könne und solchem zum Opfer fallen würde. Es gab genug für alle. Jeder Gast, als der niemand aber auch gar keiner so behandelt wurde, war sich beim Eintritt bewusst, Rechte die er im Leben nicht hatte, dort niemals erhalten zu werden. Darüber hinaus, sollte ein Privilegierter eintreten, wären diese Perdü. Perdü bedeutet nur dahin, klingt aber mächtig besser und Lesen bildet ja, Ihre Gesprächspartner werden begeistert sein, wenn Sie Perdü mal einfließen lassen, nebenbei, aber erwähnen Sie dieses Buch, dabei! Einem der Triebe, den niedersten folgend, wird der Blick gebannt, von erst mal gar nichts. Tritt man ein in diese Kaschemme,

wider der Vernunft des menschlichen Seins,
nur stur aus gutem Grund. Ist in diesem
Drecksloch und ich rede nicht von dem der
Mama San, sondern dem Schankraum, dem
man einen vergleich mit dem unter der
Kittelschürze verborgenen Organ der Mama
San, nicht zumuten darf. Den verglichen mit
dem weiblichsten und heiligsten, ist sogar der
Schankraum, ein Hort der Hygiene.
Dunkel war es, allerlei verwuchs auf den
Balken. Seltene Farne, Schirmlinge und es
rankte von hier und da, welche Lebensform
der Fauna herrschte erfahren wir aber die
Flora, ohne Licht und Luft, wuchs.
Dort Leben, genährt vom Erbrochenen, dem
verschütteten, den Körpersäften und dem,
was zäher den Leib verließ, all das Sperma,
verschleudert, vergeudet, dass nie Leben
spenden sollte, hier eine neue Chance
bekommend, sich zu verbinden mit anderem
Auswurf. Den eins ist gewiss, eine der Regeln
die sechste oder siebente, besagt klar, NICHT
Wischen und wenn man den Laden so
betrachtet, die am härtest durchgesetzte
Regel.
Das Vorankommen ist schwer, der Fuß
sumpft ein. In Lachen aus Bier, dem Gesöff
und Gebräu, meist illegal gebrannt, dem
Schleim und Rotz, dem trief und wenn Liebe
durch den Magen geht, hier wird nur
knallharter Sex verkauft.

184

Was hier durch den Magen wandert, kommt
oft schnell wieder heraus, bevor der Abort
erreicht ist, von dem die meisten ohnehin
flüchten, weil an Wänden, wie an Boden und
Decken Dinge existieren, die kein Almanach
je katalogisiert hat. Die aber dennoch da sind
und von denen ich überzeugt bin, dass Oden
und Hymnen, welche gedichtet wurden, von
Lindwürmern und allerlei Ungemach, ihren
Ursprung fanden, an diesen Wänden. Das
Ungeheuer von Loch Ness, hab es gesehen,
ich schwör im Pissoir, kleiner und umso
konzentrierter.
Beleuchtet wird die Spelunke zum Schutz der
Gäste dürftig, Fenster die es mal gab, sind wie
nennt man das, wenn Schichten neuen
Materials übereinander dicker und stärker
wirken als die Balken links und rechts, die
den Rahmen bilden? Verdreckt ?
In Gläsern flirrt der Glühwurm, in 100 Stück
100W oder 60 Stück für 60 W... nicht Watt,
die eigentliche Einheit war ein gW ein glüh
Wurm und sorgte für ein stimmungsvolles
Licht. Romantik suchte hier niemand, diese
Illumination, indem selbst die geädertste
Nutte aussah, als wäre sie 16, eher 12, den die
Dirnen in Lolas Pinte die schon 16fach, den 16
Geburtstag begossen haben, sahen aus wie 45.
Hässliche Huren, die alles feilboten, was zu
rammeln sie bereit waren, zu geben.
Körperöffnungen, welche die Natur zum

Sehen vorhielt, das Glasauge aus der Höhle
gepolkt, es wurd gerne genommen. 4 Loch
Huren waren sie genannt, es gab bräsige und
es warteten Amputierte, es gab exotische und
hässliche, es gab sogar extreme, aber feine,
reine und junge, nur die waren weniger
gefragt, als die Abart, das „spezielle".
Liese man den Blick über die Freier in spe
schweifen, wunderte man sich kaum, da
waren die kaputten, die zerstörten, die nichts
habenden, die siechenden, frierenden,
schwärenden, Eiter gebeult, Tripper
zerfressen von Hepatitis geschlagen.
Der Bodensatz der Gesellschaft

Und der Eddi ....

Eddi war der Lude, der Mama San, der
Besitzer der Immobilie, ein Wiener uund äär
röd im Winaaaa Schmääh, woas nööd jöööder
verstööhd, a wenns er Irisch schwääädzt, dör
Aggzääänd is Kwasi adapdiiierddd.
Kiss dii hoaaand gnäää frau, mei saaans ihra
Lippa blauu, woas an Staaandaaaart Schbruch
vom Eddie, wenn er mal wieder eins der
Flitscherl, wie er sie nannte, gemaßregelt
hatte.
In Wien hatte er die Schnallen, alle in der
Heizler Gasse anschaffen geschickt. Er war
erfolgreich mit seinem Model der strengen
Handkante. Die zeigte er jedem seiner

Vipi Bork.

Mooodäääls wie a sööö gnaaaant hood, weil
Dirne so verrucht klang, wenn die Einnahmen
die sie ihm ablieferten, nichts mit der
Vorstellung zu tun hatte, was sie hätte
abliefern sollen.
Eines Tages aber, machte der Eddi einen
Fehler, und zwar den, dass er nicht glauben
konnte das der Gendarm Eugen Rutlitschka,
sich nicht bestechen lassen würde. Wie eben
alle Kollegen vorher, was daran lag das
Rutlitschka an Göööld, wie an Würfelzugger
gehoobt hodd, er hod an Gölld wie
Würfelzugger, du bist a Schlugger, war seine
Devise, die er dem Eddi so mitteilte. Eddi
verstand eine Menge Spaß und war äußerst
umgänglich, nur genau an diesem Tag nicht,
da fühlt er sich fad, nöd auffam Dammm,
woaast...
ER hörte sich den Vortrag vom Rutlitschka
an, kam nicht überein und dachte woaas
soools, No dann bring ii ön hoald uuum.
Dies tat er ohne Umschweife, pikant, die
Mordwaffe, war die Prothese der einbeinigen
Hure von Linz, aber halt und langsam, nicht
etwa das überziehen der Beinprothese über
den Schädel, des Rutlitschka, war des
Ablebens stärkster Freund. Nein, als döööaaa
Eddi die Brooodsöön obbagschnolld hooaad,
hoaad sich döör Roook vom Flidscherl, dem
liderlichen, gehooobn.... döö Schlaambbbn,

woas so Fett, wenns döö Strabsen auffizogn
hood, s wor wie wööns a Giddarn stiimst.
Ja und da pfiff er dann der Straps, als die
etwas füllige Oberschenkel in Wallung das
Strumpfband spannte und dehnte und verzog.
Bis der Punkt erreicht war, den man
wissenschaftlich so umreist, ein durch

Polymerisation gewonnener dehnbarer Stoff,
kann so lang gezogen werden, also das freie
Feld der Elektronen so weit gedehnt werden,
bis, ... ich machs kurz. ... Bin eben aus
meinem Erzählfluss gekommen, reißen oder
bersten wäre die Kurzformel.
Ja der Straps pfeift, so nennt man das, ... und
dieser pfiff ordentlich, den er durchschlug das
rechte Auge Rutlitschkas. Dann wickelte er
sich einmal um den Hypothalamus samt
umgebendes Gewebe und zog sich genau
dort, in die Ausgangsposition zurück. Was zu
folge hatte, dass Rutlitschka sagen konnte, er
hat seinen Tod kommen sehen, klar, und zwar
durchs Auge, dem eigenen.
Eddi blieb nur die Flucht, den auf das
Ableben von Gendarmen, wider der Natur
herbeigeführt, stand der Kerker. So fleuchte
der wüste Besitzer der Mordwaffe erst zu den
Briten, dann nach Irland, wissend das
Österreich keinen Zugang zum Wasser hat.
Den Bodensee ausgenommen, aber der ist
nicht internationales Gewässer, taugt für eine
Invasion in der Schweiz oder Deutschland.
Joooooaaaa döööör Eddddiiii, oan
Schlaaawiiiner issa.
So redet man von ihm, von Wien, über St.
Pölten, Linz nach Salzburg.
Die Geschichte vom Eddie, wie er vom Prater
über das Steirische, zur Festung der Huren
gelangte, der Mama San seine Aufwartung

190

machte und vom Strietz,l der Haizlergasse,
zum irischen Profiluden wurde, erzähle ich
ein andermal.
Zurück in döaan Buuuff, mit dem Vorstand
der Mama San und dem Betreuer der Mädels
dem Ääddiee, dem ooalden Wappler.
Es war frühester Morgen, zu früh für das
gehobene Management des horizontal Start
Ups, um schon fit zu sein. Irgendeinen
Gedanken und sei der auch noch so bösartig,
festhalten zu können und darüber zu
sinnieren, wie aus diesem Bedenken, eine
Form von Kapital ein Vorteil zu schlagen sei.
Kurz, ...es war Viertel vor 4 PM, oder 15:45 für
die Digitaljugend.

„Heute muss Dienstag sein", hörte man eine
Stimme aus muffigen Timbre und einem
Falsett aus Überspanntheit bestehend, sowie
das breiige Schmatzen, das nur ein Porridge
so verzerren konnte, das es sich anhörte, als
schlurfe jemand mit Stiefeln durch die Suhle,
von Pinkie, dem Hausschwein, „ich komme
mit Dienstagen einfach nicht zurecht", sendet
es aus dem Off weiter.
Es folgte eine Folge von Pausen unterbrochen
von einem eintönigen Schmatzen, Dienstag
lamentierte es weiter, vom Teufel gemacht,
um die Tüchtigen zu strafen, kauen,
lamentieren, schmatzen.

Würde sich dem Schwätzer, jetzt nicht schon
ein Stiefel nähern in der Absicht, dem Gesicht
des da vor sich hin Seibernden, eine
Verunstaltung zu verpassen. Darauf bedacht,
im Maul des störenden einen bleibenden
Eindruck zu hinterlassen, mit dem arglistigen
Wunsch, dieser möge verstummen. Würde
der hier Berichtende, welcher ich die Ehre zu
haben scheine, diesen Monolog auf meine Art
beenden, indem ich die Passage durch
drücken der DEL Funktion lösche.
Der Stiefel fand sein Ziel, doch kraftlos, ob
der frühen Stunde ohne eine Tasse, des guten
Tees welcher die Lebensgeister so manchen
Morgen frisch belebt hatte, verfehlte dieser
den Effekt, der Absicht in der er geworfen
war.
Das Lamento erstarb, langsam wuchs ein
beachtlicher Körper mit haarigen Bewuchs
und Hautekzemen, die an eine
Champignonzucht, bei anhaltender Dürre
erinnern. Einer Nase der Offenporigkeit auf
die Genusssüchtigkeit des Besitzers zu Recht
schließen lies, das dieser dem irischen
Goorg-O-Gorm Whisky wie dem Gin -O-Fizz
zugetan war. Der nach wenigen Schlucken
wirkte, wie ein in Brenneselblätter gehüllter
Ziegelstein, der direkt durch die offene
Schädeldecke, ins Gehirn getaucht wird und
zu unkontrollierbaren Glücksgefühlen,
gepaart mich Breichreizkontrolle, im Einklang

mit surrealen Wahrnehmungen führt. Ein
Zustand, den Goorm, so hieß der Besitzer des
eindrucksvollen Zinkens, zu gerne für sich
vereinnahmte und Zeit für diese
Beschäftigung erübrigte.
Meistens fing es harmlos an, er genehmigte
sich einen Gin -O -Fizz oder lieber den Goorg
- O- Gorm Whisky. Der aber nicht immer im
Vorrat der Mama San verfügbar war. Von der
Wirkung eher an mit Disteln, die in
Zitronenscheiben, zerstoßen wurden,
erinnerten, die über den Umweg des Rachens,
bis zum Hirnstamm geschoben werden und
mit vor und Zurückbewegungen, dem Putzen
gleich, dem Trinker Befriedigung schaffen.
Die Destille garantiert zu 100%, das jeder
noch so klare oder unangenehme Gedanke,
nach dem Genuss einer ordentlichen Portion,
des Tropfens edler Art Vergangenheit würde.
Der Kopf, an welchen Entschlüssen auch
immer, für einige weitere Stunden gehindert
wäre, diese zu fassen, zu verstehen oder gar
zu verarbeiten.
Seinen Spitznamen Goorm, verdankte er
diesem Trunk, den irische Volksstämme
erfanden, um ursprünglich Schweine von
Borsten zu befreien, was ein Bestandteil auf
der Liste der Zutaten ist, welche diesem
Brandt seine zersetzende Kraft spendet.
Auf den ersten Fusel folgte das warten, auf
das der Trunk seine Wirkung zeige. Meistens,

so die Überlegung des Gorm, vertraute er
diesem ersten Drink nicht und so schüttet er
einen zweiten hinterher. Damit dieser dem
Vorausgeeilten im Magen etwas Gesellschaft
leisten könnte, wobei dieser seine Hemmung
verlöre und den Alkohol in den Kreislauf
abgeben würde, zu zweit würde das sicher
Spaß machen.
Nach diesem Schritt, einen Abend und die
kommende Nacht für sich angenehm zu
gestalten, folgte meistens, ein Fizz. Das mal
nachsehen solle, was die anderen Drinks da so
treiben, gefolgt von einem weiterem, weil er
den beiden Goorg-O-Gorm zutrauen würde,
dass diese den einzelnen Fizz ungnädig
behandeln könnten, quasi als Verstärkung.
Das Vorhaben macht dann einen mächtigen
Durst. Was gibt es da besseres als ein frisch
am Nachbartisch ergattertes, wenn vom
ursprünglichen Besitzer unter Flüchen eher
entwendetes Ale, Porter oder drusisches
Gerstenkorn Ensemble? Welches mit einer
Malznote brilliert, die eine Konsistenz von
Irisch Moos Rasierschaum, als Blume auf das
Glas setzt.
Derart gestärkt und frisch durchblutet, setzt
Goorm dann seine Experimente fort. Indem er
je nach Bestandslager der Mama San´schen
Bar, weitere Humpen mit Hochprozentigen,
zu der Party, die anfängt in seinem Magen,
einen Anfang zu finden, hinzu zu senden.

Auf dem Höhepunkt der Partys in Goorm´s innersten, ist der sonst garstige Goorm, noch unausstehlicher. Vor allem für die Tischnachbarn deren verschiedene leicht und Schwerbiere unter Androhung eines Fausthiebes, schnell von der Tischplatte, aus den dort stehenden diversen Krügen ohne weitere Umweges, z.B durch einen Humpen, Pokal oder Trinkschädels direkt auf den Dancefloor in Goorms Magen gepumpt werden.

Die Nachbartische geben gerne. Den das Verhältnis des Preises für einen Krug des Bieres und derer 2, 3 und mehr, liegt weit unter der Summe in Guinnies oder Goldstücken, die für Zahnprothesen sowie Glasaugen investiert werden müssten, wenn man Goorm seine freundlich vorgebrachten „Gib her Wicht, sonst knallts"nicht entsprechen würde.

Goorm, war für den Eddie nützlich, so beschützte er seinen Gönner, die Huren und hatte andere Aufgaben. So z.B Knochen von säumigen Freiern zu zerbersten oder Schuldnern. Welche den Zins und Zinseszins und den vom Eddi erfundenen Zinseszinseszins, der da obendrein nochmal draufkam, nicht zahlen konnte, dabei zu helfen über ihre Situation nach zu denken und Wege zu finden geforderte Gelder an Eddi zu übergeben. Goorm hatte enormen

Erfolg, dank seiner Größe, die nicht nur bei
den kleinen Iren beachtlich anzusehen war.
Goorm dachte nicht nach, über den Schmerz,
die Erlösung und des seins, des Werdens und
nochmals des Leides, das er vor allem
austeilte, aber einzustecken bereit war, fände
sich ein ebenbürtiger Gegner.
Er war ja ein Säufer, ein gewalttätiger und
somit zum Buddhisten per se schon nicht
geeignet. Dieser noble Charakterzug verhalf
Goorm seine Geschäfte ordentlich und zur
vollsten Zufriedenheit für Eddi zu verrichten.
Oft gab es für den Schläger einen gratis Bonus
vom Chef, wenn er dem Schuldner statt einer
Kniescheibe, beide zertrümmerte und der
Rest der Beine, zum gehen nie wieder den
Sinn finden würden.

Dies und das selbst Eddi den Goorm
fürchtete, verbrachte diesen in die Position in
Lolas Pinte, er selbst sein zu können, ohne
irgendwelche Zwänge, wie zivilisiertes
Benehmen, Mitgefühl oder Reue zeigen zu
müssen.
Einem Geschäftsmodell wie Lolas Pinte
müssten aber an diesem Punkt, die zahlenden
Gäste wegbleiben, die Freier und Gauckler,
die Barden und Zocker, die Stecher und das
Publikum eben, die sich von Goorm so
belästigt fühlen.

Aber Lolas Pinte, der Mama San war eben etwas Besonderes und das in jeder Hinsicht. Nur dort bekamen alle, die diesen Ort aufsuchte, genau dass was sie suchten, brauchte und zu gerne haben wollten. Diese Begehren waren vielseitig und verschieden und nicht nur erotischer Natur, wie man einem Hurenhaus nahelegen würde wollen, sondern doch durchaus vielfältiger. Das Dart an sich, wird in jeder irischen Kneipe, dem Pub gespielt, aber in diesem brutalen Hort, kranker Phantasien spielte man eine Variante. Eine Spezielle, die ich nicht ausführlich beschreiben werde, den als Zielscheibe dient der jeweilige Gegner, der nur in Lendenschurz als Zielvariable herhält. Variable deswegen, weil und das macht dieses Game of Thrones so heikel, er ausweichen darf, muss und soll.

In Lolas Pinte gibt es verschiedene Games of Dart und diverse Varianten dieser, beliebt ist das Dirnen Needle Pilow, das dahingehend dem wüsten Volk im Lolas Spaß macht. Da das Ziel ist, den Pfeil auf den dargereichten Allerwertesten von Wamba, der Schrecklichen zu werfen, der ehemaligen Edelhure dieses Etablissements. Die aufgrund ihrer Leidenschaft zu Toffees und fettigen Gebäck aber vor allem den geliebten Prall Linnen, nein das ist schon richtig geschrieben. Diese Linnen haben nichts mit

dem gewirkten Leinen zu tun, welche über
Bettgestellen ihre Verwendung finden,
sondern sind hochzuckerhaltige
Konfektkörper. Die Sorte, welche mit
Schokolade und Honig durchwirkt, zu etwa
400% Zucker bestehen, was zwar physikalisch
gar nicht möglich ist. Wäre da nicht die
Tatsache das diese Prall Linnen existieren und
deren Dichte, eben 4-mal schwerer wiegt, als
der Konfektkörper an Masse verdrängen
würde, tät man diesen nach Archimedes in
Wasser tauchen.
Tatsächlich ist dieses Konfekt von solcher
Kompaktheit, das eben diese Schleckerei bis
zum entdecken der schwarzen Löcher und ich
rede von denen im Weltall, als das dichteste
und schwerste Material galt, das es bis dahin
gab.
Der Zusatz Prall vor den Linnen, bezeichnet
den Zustand, in dem man sich nach dem
Genuss von nur einem 10 tel, dieses Konfekts
fühlt und außerdem, die Zukunft einer
Feinschmeckerin, die diesen Versuchungen
zu oft erliegt. Sie wird nicht nur Fett, sondern
Prall.
Wamba, war nicht immer die Schreckliche,
Früher war sie die Zarte, wie Elfie von der zu
berichten sein wird.
Doch nun war Wamba so fett, aber nur an
ihrem Allerwertesten, dass Sie erst neulich
vom Ochsenkarrenlenker Frodo über den

Haufen Gefahren wurde. Dieser
Argumentierte, wenn er seinen Ochsenkarren
um das fette Weib gelenkt hätte, der Ochs vor
Entkräftung gestorben wäre, ob des
Umweges.
Das war kein guter Tag für die schlanken
Beine, des unglücklichen Weibes, die
abgenommen werden mussten, so das
Wamba nach einstweiliger Genesung von der
Amputation, auf diesem Podex hüpfend sich
bewegt.
Ihrer Luxuskörper Einnahmequelle beraubt,
verdingt die Arme sich, indem Sie ihren
Hüpfarsch, dem Gejohle der Mannen
präsentiert, die denselben mit Ihren Pfeilen
traktieren.
Natürlich spielt man in Lolas das ordinäre
Dart, das aber ich nicht der Grund weswegen
sich Nacht für Nacht, so zahlreiche Gäste dort
einfinden und das trotz des Goorm, der alle
nervt.

Da wären dann, die burleske Show,
schlüpfrige erotische Tanzdarbietungen, doch
ansehnlicher Frauen die in der Nähe zum
Pöbel auf einer Bühne stattfinden, Gesang
und Darbietungen kurzweiliger Art
gestalteten diese doch angenehm anzusehen.

Der Star aber war Elfie, die in einer anderen
Ecke der Schenke mit der besonderen Art,
ihren Platz hatte.
Elfie the Wisp, bedeutet das zarte Geschöpf.
Sie ist die Schwester von Will-O- the Wisp,
übersetzt das Irrlicht, was nur zur hälfte
stimmte, den Will-O war zwar komplett irre,
aber mit Sicherheit keine Leuchte und im
Licht betrachten sollte man diesen Will – O
ohnehin nicht.
Will-O und seine Schwester Elfi, haben als
Kinder immer gerne an den Stangen gespielt.
Zwischen denen ein Seil hing, zum Trocknen
der Wäsche von Aunt Beve, was übersetzt
Tante und Dame bedeutet, was Sie gar nicht
ist. Sie war schon die Schwester der Mutter,
der beiden Wrangen, aber eben keine Lady.
Zumindest nicht erfolgreich, den niemand
behandelte den Drachen als eine Frau, der
man gerne die Türe aufhielt, Aunt Beve
bekam sie meistens vor der Nase zu geknallt.

Ich erwähne das kindliche Spiel der beiden,
an eben diesen Wäschestangen nur, um selbst
eine Idee zu entwickeln, was ich über Elfi the
Wisp zu berichten weiß.

Die Geschwister verloren ihre Mutter recht
bald, nachdem der Vater mit einer
durchreisenden Wanderhure, über die See
nach Frankreich durchgebrannt war, wissend

wo der Sparstrumpf von Bonny, so der Name
der Mutter versteckt war. Bonny bedeutet aus
dem Französischen entnommen, im Irisch,
Gälischen hübsch und verdammt nochmal, so
wahr ich diese Geschichte erzähle, Bonny war
verflucht attraktiv, sowas von hübsch,
hässlich das einem das Herz schwer werden
konnte und die Augen bluteten. Der Vater
war ein Barde einer jener Gesellen, welche
ihren Schmerz, ihren Gefühlskram und
anderen Gedöns in Worten, als Ode, Ballade
oder Folk, in Reimform mit Musik an weitere
weitergeben konnten. Und er tat es, nachdem
die Wanderhure dem Vater from the Wisps
nämlich Will-O und Elfi, den Sparstrumpf
ebenfalls entrissen hatte, um diesen mit
einem weitaus attraktiveren Galan
durchzubringen. Der außerdem andere
Qualitäten hatte, die an fiktive 20 cm,
Gemächteslänge des Gatten, mit echter Länge
und Querschnitt punkten konnte, ja das war
ein ganz anderer Phall.
Kurz Mr Boombastick hatte einen
Mordsprügel und so ich versucht habe diese
Tatsache zu umschreiben, weil ich eher
konservativ denke. Ich tue es für die
Leserinnen und bin ja für Gleichberechtigung,
wenn ich die Vorzüge der Dirnen ja schon
etwas mehr als nur umreiße.
Der Galan der Wanderhure, hatte Bestes
vorzuweisen, im Vergleich zum Vater der

Wisps und die Sparsocke war im Besitz der Schnalle.

Traurig und einsam, ohne ein Nickel, oder einen Centime, saß der Barde am Ufer der See, die ihn von Bonny und den Kindern trennte. Er dachte nach und empfand etwas Reue und Schmerz, in dessen Herz, wenn er an Bonny dachte und so holte er die Klampfe aus seinem Sack und begann.

.... Er zupfte die Saiten, er drückte am Holm, der Laute und sang sein Lied:
„My Bonny is over the Ocean, my Bonny is over the Sea."
„My Bonny is over the Ocean" ist ein gemein freier, traditioneller schottischer Folksong, der erstmals 1882 von Charles E. Pratt als bring Back My Bonnie to Me veröffentlicht wurde. Das Stück wurde 1961 durch die Beatles weltweit populär und hat sich zu einem Evergreen entwickelt.

Worauf Paul Mac Cartney, von den Tantiemen sich den Rest von Essex Sussex, London, die restlichen Teile von Kent, Wembley, Glasgow, Sheelds und Liverpool sicherte, von wo aus die Beatles ihren Siegeszug starteten. Aber davon wusste der Papa von Whill-O und Elfi, gar nichts, als er diesen Song voller Schmerz gegen die Wellen seines Liebeskummers um Bonny ansang.

Wüsste Paul Mc Cartney um all dieses, mit Sicherheit hätte er das Dorf Dun Bleisce Doon umgehend gekauft und die Grafschaft Limerick, zusammen mit Limmerick.

Derweil des Vaters Weisen, zu den Waisen über den Ozean schwebten. Die Mutter hatte sich aus Kummer und vor Sorgen und ob des Verlustes ihrer Ersparnisse und den daraus resultierenden Folgen. Die Geschwister nicht mehr nähren zu können und ansonsten, von jeglicher Versorgung abgeschnitten zu sein, mal in der Pause erhängt, klein Will-O und Elfie the Wisp spielten emsig an den Wäschestangen.
Das sah so aus, das Will-O daran hochkletterte und seine erwachende männliche Libido entdeckte. So wie wir Knaben es vom Turnunterricht bei Beginn der Pubertät, wenn die Kletterstange zwar den Erfolg verwehrte, nach oben zu klettern, aber in den unteren Regionen so komische Empfindungen wach wurden.
Bei Elfie sah das anders aus, grazil schlängelte sie sich um die Stange, schwang sich empor, zirkulierte kreisend auf und nieder, entfaltete die Beine. Dann sank sie wieder abwärts und spreizte so lieblich, dass es eine Freude war. Die drehte sich, verwand sich an der Stange und tänzelte, sprang die Strebe wieder an und

rotierte, wendete sich, den Rock vergessend
der auf und nieder und meist mehr freigebend
als verhüllend, ihre Schenkel umspielte.
Manch hier lesender wird die Wallung,
welche dem Will-O durch die Lenden schoss,
diesem Anblick zuteilen und wer weiß schon
wer recht hat, Stangengefühle oder
Unkeuschheit der Schwester gegenüber.
Elfi brachte es aber zur Perfektion, schon in
der Schulzeit präsentierte Sie ihr Talent, der
gaffenden männlichen Menge, die Schaum
vor den Lefzen hatte bei diesem Anblick.
Elfi hatte schon von klein auf diesen
Sprachfehler, sie konnte keine S - Laute
aussprechen. Und wann immer man sie
unterbrach und sie wieder tanzen wollte,
sagte Sie Lap Dance statt Lets Dance. Was sie
eigentlich meinte und noch heute ist von
Dallas bis Vegas, der Lapdance der von
kurvenreichen Schönen an den Stangen
vollführt wird, berühmt.
Ja Geschichte kann bilden und so war es
dann, so ist der Lapdance entstanden,
vielleicht.
Sie, nur Sie war es, die Scharen an wilden,
raubeinigen, stinkenden ... wenn auch
parfümiert, Säufern in die Lokalität der Mama
San zog.
Elfi, the Wisp, das Waldlicht, weil Sie sich so
grazil, so lautlos und anmutig um die Stange
schlängeln konnte, wie es nur das Waldlicht

ebenfalls kann, nur um die Bäume, die Farne
umstreichend, sich im Tau brechend,
ihre erotische Darbietung, lies jedermann und
auch so manche Frau, den Goorm ertragen
und immer und wieder in die Hütte der
Mama San zurückkehren.
Ohne Sie hätte die Oberhure, längst
zugesperrt. Der Lude, wäre wieder zum
Kontinent hinüber, was in ähnlicher Manier
später passierte, der Eddie wurde IN-
Kontinent, aber nicht in dieser Geschichte,
die ich ja zuerst zu Ende erzählen werde.
So war das in dem Dorf Dun Bleisce Doon der
Hurenfestung, dessen Haupttraktion eben die
Pinte der Mama San war und ist, mit all ihren
Beteiligen.

Natürlich gab es einen Bürgermeister, eine
Polizei, eine Feuerwehr und den Dorfschmied
und Barbier, Mc Foolish. Praktischerweise
waren alle 5 Personen, der gleiche, nämlich
Mc Foolish, der aber auch Kämmerer und für
die Pflege, der Gemeindeanlagen zuständig
war. An Arbeit mangelte es nie, zumal er in
der Kirchengemeinde als Küster und
Totengräber fungierte, nebenbei als
Hausmeister, Anstreicher. Für die
Suppenküche der Wohlfahrt hatte er ebenfalls
Verantwortung übernommen, und zwar als
Koch und in der Ausgabe der
Zuwendungsstelle. Das Leben ist eben kurz,

schlafen kannst Du nachts oder wenn Du tot
bist, Foolish musste mit dem Ausruhen auf
Zweites warten, den er war auch in der
Nachtwache, als Hauptmann, Korporal und
Gefreiter.

Mittlerweile nähert sich der Star dieser
Überlieferung, für die ich bürge, Svenney
O´Shea der Festung der Huren, langsamer als
erwartet, den allerlei Ablenkung wurde ihm
geboten.

12. Die Leiden des jungen Aiden.

Aiden, in seinem Dorf verachtet und gehasst, da er nicht nur dumm, sondern dreist war, was ihn dummdreist machte, eine gefährliche Mischung, negativer Charakter Eigenschaften, gepaart mit unehrlich und triebhaft. Dafür aber im Wort charmant und für die Weiber gutaussehend, was sicher einer der Hauptgründe, für die folgende Zeremonie war.

Man verbrachte den zappelnden, um sich schlagenden, bockigen, unter den traurigen Blicken des anwesenden Weibsvolkes, zum Dorfausgang. So manche Grazie verdrückte ein bis unendliche Tränchen. Welches sich die vom harten Leben sonst so trockenen Äuglein extra hervorgekramt haben, um diese in einem passenden Augenblick zu vergießen. Und da liefen sie, kullerten, rannen ja reichlich, Agnes die wilde Witwe des Captain Burns, Rotz und Wasser würde es treffen, was da so die Bäckchen hinab rann, an Augenwasser.

Am Dorfrand angekommen, wobei Krautwick in der Grafschaft Limerick, doch eher ein

kleines Städtchen darstellte. Sicher kein
hübsches dafür lag es am Meer, was es aber
gar nicht besserte, weil aus welchen Gründen
auch immer, das Gewässer der Stadtkasse
Konkurrenz machte, beides kannte nahezu
nur die Ebbe.
Warum, die Gezeiten in Krautwick sich nicht
an dieselben hielten, wusste man nicht.
Manche vermuteten, es läge daran, dass selbst
der Mond, nachts mit der Stange
hochgeschoben werden müsse. Andere
glaubten, das Wasser flösse unterirdisch
einige Meilen vor Krautwick ab, was eine gute
Theorie war, da sie besser als die andere und
vor allem logischer schien.
Einige behaupteten Wasser hätte ja einen
guten Geschmack, wenn salzig und als solche
reichlich mit Aroma gesegnet, hat es das
Wasser nicht nötig, bis an den Strand von
Krautwick zu schwappen.
Weswegen der Ort nie ein Magnet für die
spätere Surferszene werden würde.
Tourismus in Krautwick war selten, zum
einen, weil es keine Kreuzfahrten gab. Was
gar nicht stimmte, den Kreuzzüge z.B wurden
reichlich unternommen, diese aber an
Krautwick vorbei. Meist in Länder, die nicht
christlich waren und deren Eingeborenen es
aber werden sollten. Eine Wahl gab es
meistens nicht, zum anderen gab es weder die
Ochsenkarrenlinie und keinen Flixbus, dieser

wurde erst einige Jahrhunderte später in Dienst gestellt.

Heute aber, da Aiden zum Stadtrand verbracht wurde, hatte Krautwick erlesene Gäste, zum einen Sir Isaak Brobonborough, der Vorleser, bei der Queen war und nur in der ER form vorlas, „was hat ER getan, hebe ER sich hinweg", womit er die herablassende Art seiner Königin, karikierte. Zum anderen Lisa van de Houten, die Tochter eines Kakao Milchmischgetränke Herstellers, wie er sich selbst vorstellen würde, der aber nur ein Helfer in einer Milchbar war. Der auf Anweisung Kakao und Honig in den Bechern verrührte, zugegeben eine verantwortungsvolle Aufgabe. Den in Slachtenhaagen/ Holland wurde bei den wenig Spaß verstehenden Slachtenhagenenern, schnell mal der Satz in den Ring geworfen, Ick slaacht diir ab, Du Radde...was erahnen lässt, woher der Name dieses beschaulichen Ortes kommt.

Beide Pioniere der Tourismusbranche, die in diesen Zeiten weder boomte, noch bekannt war, standen am Ortsrand, der gleichzeitig der Strand war, und ließen ihr Augenmerk über die Bucht schweifen, bis Sir Isaak B. Bemerkte „Hey sie haben den Ozean schon fast fertig".

Lisa van Houten schwieg, um die Bedeutung dieses Satzes zu unterstreichen, und weil das

arme Ding, bei der Geburt einige Zeit mit der
Nabelschnur um den Hals, vom Gebärsessel
baumelte. Die fehlende Luft die 90% ihrer
damals schon schütteren Hirnzellen
verbrauchte, weil Ihre Mutter und die
Hebamme in einer Runde Bridge vertieft
waren. Lisa war das dreizehnte Kind, der
irischen Mutter, die vor genau 12 Jahren nach
Holland ausgewandert war, und zwar von
Krautwick aus. Was eine Erklärung ist, wieso
Lisa so schmerzfrei und unglücklich das Licht
der Welt erfahren hat und warum Sie in
Krautwick war.
Die Bedeutung und schwere der Aussage, die
haben den Ozean bald fertig, schwang im
Äther, da wurde Aiden am Strand abgelegt,
ein mitgenommen aussehender Mob, setzte
sich um den Delinquenten und man rief den
Stallburschen.

Either, ein stämmiger Depp, den man nicht
mal zum Bier holen schicken konnte, in den
Pub, wo man außerhalb der Öffnungszeiten,
sein Killkenny oder KrautEX Port bekam. Mit
dem man jedes Unkraut zwischen den
Blumenkohlereihen, vernichten konnte.

Es gab den Trick des 24h Services, später wird
man einen solchen Laden Tankstelle nennen,
den in Irland damals, gab es Öffnungszeiten.
Der Trick um an Belalkoholische Ballallen zu

kommen bestand darin, dass man einen
Schilling, oder ein anderes irisches Geldstück
in einen Schlitz werfen konnte. Die fallende
Münze, erzeugte ein Pliiing, in einem Kasten,
dieser Ton weckte Kator auf, der geschwind,
ein blondes oder ein dunkles zapfte, jenes
dann in den Ausschank, der in der Mauer
eingelassen war, stellte.

 So mancher Vater, Lehensherr auch faule
Socke, nutzen diesen Service und schickten,
Knecht, Magd oder zum Mundschenk
erklärten, außer EITHER...... Either sandte
niemand, den der ist nicht nur dumm, der
war ein Tollpatsch. Das äußerte sich z.B in
dem Umstand, das er es nie schaffte den
Guinni, den Taler, Schilling oder Hosenknopf,
Kator war kurzsichtig, in den vorgesehenen
Schlitz zu verbringen. Jedes Mal stürzt er
vorher und verbog das Geldstück, das dann
nicht mehr in den Einwurfschlitz passte, so
blöd war der.
Aber mit Pferden konnte er, wie er das
konnte, er mochte Rösser, er mochte seine
Tante Molly und wenn man sie so
betrachtete, liebte Either wirklich nur Pferde.
Den Molly hatte einen gewaltigen Überbiss in
dem langen Gesicht, indem Ihr Gatte
Malcom, das eine oder andere Mal, nach
einem großen Durst auf Kraut EX Porter, das
Zaumzeug irrtümlich befestigt hatte.

Pferde, das war sein Leben und er lebte wie
eins.
Er wohnte im Stall bei den seinen Liebsten
und oft sang er Ihnen etwas vor, wenn sie
unruhig waren, meistens einen Ohrwurm
dieser Zeit, der in etwa so ging ..."Allllllll
myyyyyyy Loooving", später würde Paul Mc
Cartney von den Tantiemen, Glasgow, den
Rest von Liverpool und eine Anzahlung für
eine Kaufoption der Issle of Weight berappen.

Either, brachte unter dem Applaus der am
Strand wartenden, Kortex einen lahmen
Klepper, eine Schindmähre, die nicht zur
Salami taugte, weil man fürchten müsse,
irgendwelche dummen Gene in sich
aufzunehmen. Den der Gaul war komisch,
unberechenbar und so sollte er zusammen
mit Aiden das dörfliche Städtchen verlassen.

Das sollte so stattfinden, dass man Aiden
verkehrt herum auf den Pferdelederhaufen
auf Hufen schnallte. Dem Kortex eine
verpasste und auf seine Unberechenbarkeit
hoffte. Die dazu führen sollte, dass entweder
der sich aufbäumende Kadaver, des Kortex,
den Aiden zerschmettert, zerreibt oder
anderweitig zerstört. Andernfalls das beide
Hüllen, aus Bindegewebe, Muskeln und
Flüssigkeit, welche dem Ozean am Strand

guttäte, sich dahin trollten, und zwar für
immer.
Während der Mob sich anschickte, die
Körperlichkeit von Aiden auf die des Kortex
zu fixieren. Verlass der Bürgermeister, Ihro
Gnaden Mc Kinzley, spätere Erben verteilten
das Anwaltsbüro dieses Mc Kinzley dann als
Sozietät in die ganze Welt, um Recht zu
verdrehen, die Schrift, die er eigens dazu
verfasst hat.
Wohlmeinend erklärte er, wie man sich
verhält, wenn man sich in einer
hoffnungslosen Situation befindet:
Freuen Sie sich das es das Leben bisher so gut
mit Ihnen gemeint hat.
Wenn ihre Existenz, nicht so wohlwollend
mit Ihnen umgesprungen ist, was angesichts
Ihrer derzeitigen Situation als
wahrscheinlicher gilt, dann freuen Sie sich,
das der Schrecken jetzt ein Ende hat, in
seinem Beginn, den das Ereignis steht bevor.
Aiden indes befragte sein Inneres, ob er den
so bereit sei für all das Kommende, er fragte
sich über die Zukunft, wird sie nett zu mir
sein? Wie es den ist, so verkehrt herum auf
dem Ross, und befand, das er es gut getroffen
habe, den man hätte ihn ja nach unten
hängend, am Kortex fixieren können und das
wäre auf jeden Fall, leidlich unbequem.
Jetzt war der Kaplan an der Reihe, er segnete
das Duo und kramte seine Bibel hervor, die

zerlesen und daher unvollständig war. Nicht
weil er sie jemals gelesen hätte nur einfach so,
vom Gebrauch her, den sie eignete sich, um
die Messdiener zu züchtigen, indem man sie
dem Frechling um die Ohren klopfte.

„Alles wird in Tränen enden, so sprach der
Herr, am Anfang wurde das Universum
erschaffen, was ein Schritt in die falsche
Richtung war, so jedenfalls ist es geschehen.
Mein ganzes Leben wusste ich, das auf dieser
Welt Böses geschieht, aber es ward nur die
normale Paranoia und die bekommt jeder."
So und ähnlich näselte der Kaplan, monoton
den Sermon herunter, den weder Gott dem
seinen, noch ein Jünger es je aufgeschrieben
hatte.
Im Dorf wurde vermutet, das der Kaplan des
Lesens nicht allzu mächtig war. Vielleicht war
er nicht mal ein Geistlicher. Aber als der alte
Pfarrer Mc Intosh, von der
Franzosenkrankheit zerfressen, wie seine
Leber, die nur nicht an Syphilis, sondern dem
Messwein fröhnend, in Ausübung seines
Dienstes an Gott und der Menschheit mitten
in einer heiligen Messe verschied. Böswillige
und negativ denkende Beschreiben seinen
Tod, als ein Sturz im Vollrausch von der
Kanzel. Näher bei Dir mein Gott soll er gelallt
haben, was aber für jeden der dort
anwesenden deutlicher zu verstehen war, als

die üblichen Predigten, die er sonst zu halten
pflegte.
Diese war durchaus einprägsam, anders als
die meisten Vorangegangenen. Die oft in
wüsten Beschimpfungen und Beleidigungen,
der Dorfbewohner gipfelte, keiner nahm es
ihm übel, einige trugen es dem Pfaffen etwas
nach, eventuell alle, aber man sprach nicht
darüber, wozu da waren sich die Bewohner
eins.
So das viele sich sagten, 6 Tage schuften und
am 7-ten Tage, früh aufstehen, nur um von
dem Trunkenbold zu erfahren, das man in der
Hölle endet. Ne da bleib ich zu Hause, dem
Pfarrer gefiel es, den so früh hatte er oft die
Kittelschürze seiner Haushälterin an, die ihm
tiefe innere Befriedigung gab, seine weibliche
Seite wie er sie nannte, die er ausgiebig
erforschte.
Heute beobachtet man, vor allem in der
katholischen Kirche, diesen Hang zum
Kleidchen tragen, Gott zu Dir, mein Geläut ...
herrlich frei fühlt man sich, aber ich schweife
wieder ab.
Was, bitte oh Herr wird den mit Aiden
passieren, unterbrach Fitzgerald der kleine
Messdiener, seinen Chef.
„Ich lehne die Beantwortung dieser Frage ab,
weil ich die Antwort nicht kenne".
„Allein der Herr weiß", sprach der Kaplan.

Aiden meldete sich, „mir ist unwohl, ich fühle mich etwas schlecht und dieses Gefasel, zu fromm, um wahr zu sein."
Heute muss Donnerstag sein, mit Donnerstagen hatte ich immer meine Probleme,
„Zum Glück ist heute Dienstag", meldete sich Fitzgerald unter seinem Messekleidchen.

„Dann ist es der Magen" stellte der Verurteilte erleichtert fest und es begab sich, Aiden übergab sich.
Sofort
Hier sitze ich und kann nicht anders, formulierte Aiden einen Satz, den in veränderter Form später jemand Bedeutenderes sagen sollte. Was ihm einen Eintrag in Wikipedia bescherte, hier am Strand von Krautwick aber niemand verstand, für Aiden änderte es nichts, Wikipedia gab es ja noch nicht.
Da saß er auf, der Aufsässige, verkehrt herum und keines Pferdes Hals oder Mähne trübte seinen Blick voraus. Seine Aussicht war FREI und auf das Verlassene gerichtet, die Füße unterhalb des Rosses Leib verschnürt an den Steigbügeln, die Arme hinter dem Rücken gegürtet mit des Leders feinster Striemen.
Eine Melodie flog an seinem inneren Ohr vorbei, er spitze die Lippen und pfiff sich eins.
Allways looking the Bright Side of Life, pfiif

pfiif , mit Hilfe der Tantiemen, John Cleese
von der Gruppe Monthy Python später, von
Paul Mac Cartney Kent und halb Sussex
zurückkaufte, weil er diese Grafschaften für
sich beanspruchte.

Der Mob indes, prüfte einmal den
einwandfreien Sitz der Fesselung, deren
Grundelemente später in den 1970 igern, als
Dreipunktgurt in selbstfahrenden Wagen, mit
dem Slogan erst klicken dann starten,
eingesetzt wurden.
Die Prüfung ergab keinerlei Beanstandungen,
außer das dieser und jener Prüfer befand, dass
die Fesselung zu locker sei und jeder von
ihnen zurrte einmal nach. Bis jemand
feststellte, dass sich das linke Handgelenk,
drohend vom Arm zu entfernen gedenken,
würde. Sollte man fester anziehen.
Man könne aber etwas lockern, um das Leid
des Aiden zu verringern, was wohlwollend
ignoriert wurde.

Aiden glotze entsetzt um sich, er hatte sicher
Angst, dass es bald zu regnen anfangen
würde, aber im Grunde verstand er nichts
vom Wetter.
Er beschloss, sich zurückzulehnen, so weit es
die Fesseln erlaubten und einfach nur
entsetzt zu sein.

Ab mit Dir, irgendwer aus dem Mob gab dem
Kortex, auf dem Aiden so entsetzlich, entsetzt
einher schaute, einen Klaps.
Ein anderer, tat ihm gleich und landete seine
Pranke auf dem breiten Pferdearsch, nichts
passierte, zumindest nicht das, was passieren
sollte, den Kortex, das Pferd in Gang, besser in Trab zu bringen und gemeinsam mit
dem blanken Entsetzen des Aufsitzenden
dem Horizont nahe und dem Ort ferne zu
tragen.
Der Delinquent drehte die Augen, röchelte,
gab uriges Tonwerk von sich, schaute irre und
nicht gescheit, das der kleine Fitzgerald
erschrak und sich fürchtete, der Kaplan nahm
in beruhigend in den Arm, fasste ihn näher
und gab seinen ganzen Trost. Zu grausam der
Anblick für den Knaben, doch da passierte es,
Kortex zog an, machte einen Satz, einen
Blitzstart bockte auf und nieder und setzte
sich in Gang.
Aiden überrascht, in seinem Irrsinn
aufgegangen, konnte es nicht ausgleichen und
rittlings nur umgekehrt rauschte sein Kopf
einen Bogen beschreibend, direkt in des
Pferdes Ende und bevor ich lange
Drumherumschreibe, mitten in den
Pferdearsch. Smaaack so das Geräusch, bei
der Ausfuhr des Schädels aus dem
Enddarmtrakt hörte es sich Glubberiger an,
würde Karl May diese Geschichte

gekannt haben, er hätt Sie für Old Shurehand 2 erzählt und von den Tantiemen, Göttingen anteilig erwerben können, auch wenn er eher Sachse war, ich meine jetzt Karl May.

Fitzgerald schaute zum Kaplan auf, vor dem er hockend kniete, eine Stellung, die sonst nur im Seitenschiff der Abtei eingenommen wurde, unter Ausschluss der Öffentlichkeit. Und von der der Kaplan erklärte, sie sei die christlichste, neben der Stellung der Missionare, die ihm aber so gar nicht einleuchtet, da er es lieber ad Verbo, von hinten gerne hatte. Der Kaplan fragte besorgt, seinen Schützling, ob er den Blick des Aiden fürchtete. Dieser schüttelte den Kopf und sagte, da er den braunen Schleier angelegt hätte, wurde die Angst von ihm genommen und er könne das Antlitz ertragen, hier und alle da.

So machte der Aiden sich auf den unfreiwilligen Weg, nichts ahnend was er erleben würde, wen treffen und woher der komische Geschmack kam, das Pelzige auf der Zunge konnte er sich nicht erklären.

Gerne hätte er der Gruppe am Strand gewunken, aber wie sollte das gehen, so gebunden wie er da saß auf Kortex, dem Rappen, mit dem er verbannt wurde.

13. Svenney immer noch auf dem Weg

Zurück zum Helden, dieser Geschichte dem
O´Shea, ja der wurde bisher vernachlässigt,
aber was hätte ich, euer Erzähler den machen
müssen?
Sollte ich schreiben, und Svenney lief und
rannte und lief, vor allem seine Nase lief, in
den Nächten, wenn es feucht war. Würde ich
euch langweilen, mit er tat Fuß vor Fuß
setzend sein Bestes, dem Ziel näher zu
kommen, ich bin der Erzähler, ihr solltet mir
vertrauen, zu berichten was berichtenswert ist
nicht irgendwelcher Mumpitz. Ich könnte
Produkt Placement anbringen, aber das gab es
doch gar nicht und ich will das nicht,
zumindest nicht vor der Fertigstellung, dieser
Erzählung. Oder wenn mir jemand eher
zufällig von diesem, nennen wir es Projekt
Wind bekommen würde, die Sache für gut
befindet und mir dabei im Vorbeigehen, einen
Umschlag mit Bargeld, in die Gesäßtaschen
der Jeans gleiten lassen würde, steuerfrei ....
Wenn ich die Yachten, die zu führen ich, in
dem Leben, außerhalb des Erzählers, schon
gerne steuere, ja dann würde ich mich
prostituieren, klar bin ich käuflich, meiner

eins verkauft ja dieses Buch, ich hoffe es
zumindest.
Svenney, seit er 2-mal abgebogen, dem
rechten Pfad folgend, der linke führt, ins
Nirwana. Gab es wenig bis gar nichts zu
erzählen, weshalb ich euer ergebener Erzähler
neigte, etwas von Aiden zu berichten.
Was ihn umtrieb, forttrieb, und jetzt bin ich
wieder beim Star, dieser Geschichte Svenney,
der die Bernadette liebt, die schöne und reine
Augenweide, ja lacht nur, ich habe sie
durchschaut.

Nein bisher gab es nichts Berichtenswertes,
außer das Svenney hier abbog, da einkehrte.
.... mehrmals abgebogen ist, immer dem
Weiser nach, der den Weg zeigt.
Ein paar Begebenheiten gab es ja doch, nichts
was der hier lesende nicht schon kennen
würde, sondern eher, na gut, ihr seid
neugierig, so befriedige ich eure Gier, aber ihr
werdet enttäuscht sein.

Nach allerlei Kreuz und Gabelung, erreichte
Svenney den Ort Limerick, in der Grafschaft
Limmerick ...

14 Limerick in Limmerick und was ein Limerick ist

Die historische Stadt Limerick am Ufer des mächtigen Flusses Shannon ist unkonventionell, lebendig und einzigartig. Ihr besonderer Charme wird Sie faszinieren: von der wunderschönen georgianischen Architektur und großartigen Museen bis zu den rugbyverrückten Bewohnern.

Georg, der diesen Stile prägte, neben 3 weiteren Schorsch's, die indes nichts Geringeres als Könige waren. Wobei Georg der 1, war als Herzog geboren worden, aber dafür konnte er nichts, immerhin aber war er aus der Linie der Welfen, später wurden die Welfen bei den Antimonarchisten berühmt. Durch Ernst August, der gerne an Pavillons pinkelte und daher, der Pippi Prinz genannt wurde. Neben seiner Leidenschaft, seine hübsche Frau zu drangsalieren, prügelte er gerne auf Paparazzi ein, diese gab es schon zu Zeiten dieser Geschichte, nur nannte man sie vornehmer, Hofberichterstatter. Prinz August den Prügelprinzen zusätzlich zu der anderen Affäre, belassen wir es bei PPP (prügelnden, Pippi machenden Prinzen). Nein nicht der

von der bekannten Keksrolle, auch wenn
dieser vielen auf den Keks geht.

Der Typ auf der Prinzenrolle, ist keiner von
den hier genannten, wie eben erwähnt.

Georg I Vater war, schon ein Ernst August, ob
dieser gerne an Pavillons urinierte oder seine
Frau schlug, ist nicht überliefert, nicht bis zu
mir. Aber in Namensgebungen sind diese
Monarchen eher wenig erfinderisch, den nach
Georg 1 gab es Georg II, Georg III und VI. Ja
und die prägten den Baustile, in Limerick, wie
nach Ihnen Victoria, weswegen es dann
viktorianischer Baustil geheißen hat, wobei
niemand jemals Königin Victoria oder zuvor
einen der Georgs, auf einer Baustelle gesehen
hat. Höchstens wenn ein Gebäude fertig war,
zur Einweihung und der Party. Den Partys
mochten diese gelangweilten Monarchen ja
alle, wozu hat man den die Steuerabnahmen
oder wie sie ja heißen Steuereinnahmen,
obgleich ich Abnahme besser finde, weil man
hat das Geld dem Volk, ja abgenommen hatte.
Georg der Erste, musste zuerst mal von
Braunschweig, das damals schon so hässlich
war, nach Irland kommen.

Seine Familie, die ihn intern Görgen nannte,
was nicht besser klingt als Georg, aber zu
seiner geistigen Schwerfälligkeit und dem
phlegmatischen Auftreten am besten zu
passen schien, benannte Görgen, als

verantwortungsbewusst und gewissenhaft. So
bekam der Georg eine umfassende
Fürstenausbildung, ja der Adel muss lernen
und dies tat Georgi mit großem Eifer. Schon
mit 14 Jahren, nahm der junge Fürst an
seinem ersten Krieg teil, weil Schlachten
waren damals schon beliebt bei den Adeligen,
die ja am wenigsten Risiko zu tragen hatten.

Warum er aber ausgerechnet im
holländischen Krieg gegen Frankreich
kämpfte, als Braunschweiger Welfe, das ist
ebenso ein Mysterium wie der 30-jährige
Krieg, in dem zur Mitte hin, schon jede Partei,
jeglichen Überblick, über Kampfhandlungen,
Gegner und generell verloren hatte.

In den Städten hatte man damals jede Menge
Banner und Flaggen. Auf dem Ausguck stand
extra jemand, der die anrückenden Horden
lokalisieren sollte, sodass ... wenn eine Stadt
clever war, man das Banner der näher
kommenden Bestien hisste, um zu
signalisieren, äätsch ihr habt uns schon
besiegt.

Einige Horden nahmen da keine Rücksicht,
den Plündern, Brandschatzen und
Vergewaltigen war dies einzige Freude in
diesen 30 Jahren und man gab sich diesem
Pläsier nur zu gerne hin. Georg gammelte von
Krieg zu Eroberung und stellte sich auf
diesem und jenen Schlachtfeld. Ganz wie es

für Herzoge die eine Fürstenausbildung genossen haben, geziemte. Im edlen Wams, eher abseits, zu den seinen und lies die Bauern und Schmiede, die man zu Soldaten erklärt hatte, um die eigenen Händel mit anderem Adelsgesockse zu klären. Heute funktionieren Kriege genauso, nur das eben Politiker ihre Komplexe und gekränkten Gefühle auf ein Schlachtfeld bringen. In der Tradition der Könige, immer schön in Sicherheit, den das Militär blutet für einen, oft die eigene Bevölkerung, aber daher kommt der Begriff Kollateralschaden.

Über den großen Türkenkrieg kam Georg dann nach Ungarn um an dem gewaltigen Feldzug, teilzunehmen.

Von dort wiederum zu den Niederlanden, wieder gegen Frankreich, es war das Rückspiel und eben da lerne er John Churchill Duke of Marlborough , der nichts mit der Cowboy Zigarette zu tun hat kennen, alleine schon weil es anders geschrieben wird.

Nach derlei Barbarei, Blut und Sühne, reiste Georg auf Betreiben seiner Mutter gen England, zu den englischen Verwandten, am Königshof und dann wird es wirr und windig, weil Mama wollte das Georg sich für Sophie von der Pfalz interessierte. Aber das tat er nicht, vögelte lieber mit seiner Mätresse herum, währen Sophie von der Pfalz wollte,

226

dass er Georg sich für Prinzessin Anne interessiert. Was aber nicht gelang und wenn man die letzte bekannte Königinnentochter Anne betrachtet, die eine Ähnlichkeit mit ihrem größten Hobby das Reiten, mit den dazu benötigten Pferden hatte, kann man den Georg durchaus verstehen. Es ging hin und her und drunter und drüber, das drüber soll dem Monarchen gut gefallen haben. Die Mätresse heiratete dann einen Hofrat, ob das von Glück gekrönt wurde, geht uns so wenig an, wie es mich und den geneigten Leser sicher interessiert.

Warum?

Weshalb so mag sich der eine oder andere fragen, erzähle ich das alles, anstatt vom Helden Svenney zu berichten! Es ist viel interessanter ein kurzes Expose des Königs Georgs zu erstellen und etwas über Limerick in der Grafschaft Limmerick zu erzählen, als vom Svenney, deswegen!

Den es ist noch immer nichts passiert, das die Leserschaft in einen Bann ziehen könnte oder das geneigt wäre, dieses Buch zu schließen, weiter zu verschenken mit dem Hinweis ich fand es langweilig.

Georg indes der zu dieser Zeit, nicht der Erste war, sondern nur Georg, zog weiter in Kriege, man kann angenehmer reisen und ein Land erkunden, aber so war es nun einmal und warum sollte ich die Geschichte falsch erzählen?

So traf er dann in Spanien ein.

Zuvor rüstete er das größte Heer im Reich aus, Lüneburg – Celle, was man heute kaum glauben mag, wenn man mal aus Versehen nach Lüneburg fährt oder um Celle herum, da es eine prima Umgehungstrasse gibt.

Aber wie wurde aus dem Görges der Georg I, ich habe das recherchiert und finde die Monarchie eher langweilig, bis auf König Heinrich aber um den geht es ja nicht.

Es begab sich, das England sich mit dem Papst überwarf, was nicht schwierig ist, den die Ansichten waren damals schon von gestern, wie sie es bis heute geblieben sind. Der Papst als Vertreter Gottes auf Erden, ohnehin eine Anmaßung und so beschlossen die Engländer, den Act of Settlement, als das Parlament, dass damals schon so aussah wie heute, mit den Perücken und so weiter, was cool ist.

Laut diesem Settlement, sollte die natürliche Erb- Thronfolge umgangen werden, das Gesetz schloss somit, 56 Katholiken erst mal, aus der Erbfolge aus, was die Angelegenheit spannend machte.

Was dann passierte, nannte man Game of Thrones, das heutzutage als eine Serie in zahllosen Staffeln, in der vor allem männliche Genitalien präsentiert werden, zu einer nahezu unglaubwürdigen Geschichte, die jeder historischen Prüfung unmöglich standhält, bekannt ist.

Die Stelle aber in der die blonde Königin nackt durch ihr Volk stakste unter dem monotonen Gebrabbel einer Mutter Oberin, „Schande.Schande....Schande".... hat mir gut gefallen, ich werfe das nur ein, weil bei Svenney immer noch nichts passiert ist und die Zeit ja überbrückenwerden muss. Ich machs kurz, es wurde in Georgs Leben liederlich und kompliziert und dieser heiratete jene und andere. Selbst Katholiken wurden benachteiligt, äääätsch und Protestanten bevorzugt und genau so einer war Georg Ludwig, immer noch nicht der Erste, aber bald würde er es sein.

Zu Georg I wurde er, genau nach der Thronbesteigung, er löste das Haus der Stuarts ab. Welche seid dem 13 Jahrhundert, die königliche Hauptlinie stellte, nichts bleibt ewig und Maria Stuart könnte davon berichten, den Ihr Leben wurde, aufgrund eines Urteils wegen Hochverrats an der englischen Königin Elisabeth, diese

Monarchen haben keine Einfälle für Namen,
hingerichtet.

Auch wenn bei Svenney immer noch nichts
Berichtenswertes passiert ist. Es sei den Ihr
liebe Leser seid geneigt, zu erfahren, das er
bei Kilometer 33 über einen spitzen Stein
gestoßen ist. Dem Lieblingssatz der
Hamburger bis heute, um das arrogante
Hanseatendeutsch zu versinnbildlichen. Er
sich den Zeh gar garstig stieß, fast gefallen
wäre, sich aber trickreich vor dem Sturz
bewahrte und sich ein ausgestoßenes Auge
ersparte. Da, direkt vor ihm eine
Pferdewagenachse mit einem Nagel lag, unter
dieser Achse lag der Lenker des Gespanns,
dem weniger trickreich die Pferde
durchgegangen waren. Mit der Vorderachse
und der Deichsel, was darauf schließen lässt,
dass englischer Fahrzeugbau schon immer,
ein Abenteuer war, vor allem das Lenken
dieser Insel- Boliden.

Damals war Rolls Royce eben nicht mit BMW
fusioniert, es gab ja beide gar nicht.

Der Kutscher sah recht mitgenommen aus, im
umgestürzten Wagen kauerte ein ältliches
Fräulein, das nicht nur wegen der Cellulitis
nicht mehr so ganz fit ist und den einen oder
anderen Knochen zeigte. Welcher im spitzen

Vipi Bork

Winkel einmal aus dem Oberschenkel, den ansonsten makellos und hocherotisch

wirkenden Seidenstrumpf, gehalten, von einem in Spitze gewirkten Strumpfband, dessen Duft jeden Fetischisten aus dem Häuschen getragen hätte, durchstoßen worden wäre.

 Am Arm kam so einer zu Vorschein, aber der hat wenigstens kein hochfeines weibliches Accessoire, wie einen Seidenstrumpf durch stoßen.

Der Anblick des ruinierten Fetischs könnte einem das Herz brechen und das Gewimmer das aus der weiblichen Strumpfband tragenden Hülle entwich. Herzerweichend konnte das Mitleid das man mit diesem perfekt, rundgenähten, von der Ferse bis zum Schenkel, mit einer Naht versehen Damenstrumpfes, nicht überbieten.

Schade um den Strumpf, aber die Dame hatte ja 2 Beine, wollen wir hoffen, dass wenigstens der andere, Seidensocken diesen Unfall unbeschadet, ohne eine Laufmasche zu reißen, überstanden hat.

Ich will das jetzt nicht wissen, der Anblick des einen schmerzt bereits genug und da ansonsten bei Svenney nichts los ist, wende

ich mich der Stadt Limmerick in der
Grafschaft Limmerick zu.

15. ein weiterer Versuch, einen Limerick zu beschreiben.

Soweit die Werbung und darüber hinaus, wurde Limerick die erste Kulturstadt Irlands, was das Huntmuseum oder die Limerick Gallery of ART heute im 21 Jahrhundert bezeugen kann.

Limerick bietet ein faaaaaaantasitsches Kulturprogramm, Festivalprogramm von den bunten Feierlichkeiten des „St Patricks Day"...

Wer zum Honto, ist Sir Patrick???

Wenn man einem Iren diese Frage stellen würde, bekäme man die Antwort „Er war derjenige, der die Schlangen aus Irland vertrieben hat". Auch wenn diese Aussage schön klingt, ist die wahre Bedeutung weit weniger mystisch.

 Gemeint sind keine echten Schlangen, sondern mehr die „ungläubigen" Druiden.

Patrick war ein Bischof und gilt als erster Missionar Irlands, der das Christentum einführte und so andere Glaubensrichtungen wie die weit verbreitete keltische Religion, deren Priester die Druiden waren, vertrieb. Von der katholischen Kirche wird er deshalb

als Heiliger verehrt, was ihm den Titel „Sankt"
einbrachte.

Tatsächlich war der Bischof Patrick, wenn
auch die meisten Iren davon ausgehen, gar
kein Ire, sondern Brite.

Sein Geburtsname war Meawyn Succat und
die Geschichte, wie es dazu kam, dass er
christlicher Missionar wurde, ist sogar
spektakulärer wie seine Missionsarbeit: Als er
klein war, wurde er von Piraten gekidnappt
und nach Irland verschleppt, wo er es erst
sechs Jahre später schaffte, der
Gefangenschaft zu entkommen und sich nach
diesem traumatischen Erlebnis der
christlichen Lehre widmete.

Anschließend reiste er als Priester 30 Jahre
lang durchs Land, gründete Schulen, Kirchen
und Klöster.

Während der Papst welcher auch immer,
außer Urbi et Orbi, nichts zu erzählen hatte.
Der geneigte Leser mag dies nicht glauben,
doch so war es, so wahr ich hier aus der
Geschichte zitiere.

Für Iren ist der St. Patricks Day eher traurig
belegt, den an diesem Tag sind sogar in Irland
alle Pubs geschlossen!

Lasst diesen Satz kurz, wirken.

Sie sind geschlossen.

Zu.

Nicht auf.

Out of Order.

Closed.

Not available.

Soll ich weiter nach Beispielen, für diese Trostlosigkeit suchen??

Verdammt, es gibt nix zu saufen!

Dafür tragen die Iren am ST Patricks Day GRÜN, ja und alle, Warum?

Am St. Patrick's Day die Farbe Grün zu tragen, ist eher eine moderne Erscheinung. Die eigentliche Couleur des heiligen Patrick ist gar nicht wie das Gras, sondern blau. Ja wie die Iren eben so sind, die Grüne Insel mit Sir Irish Moos, mag es am liebsten Blau zu sein, dabei hatten die gar keinen König, mit cyanfarbenen Blut Oder???

Dennoch hat die Farbe Grün einen Bezug zu seiner Person, denn das dreiblättrige Kleeblatt ist ebenfalls ein Symbol des heiligen Patrick –

ein vierblätteriges zu suchen, das ihm mehr Glück gebracht hätte, dazu war er zu faul.

Mit ihm soll er den Menschen die Dreifaltigkeit (Vater, Sohn, Heiliger Geist) erklärt haben. Dreifaltig, das trifft doch eher auf den Papa den Opa und Uropa zu, nicht auf den Sohn, die hatten alle sicher mehr als 3 Falten, oder Oil Of Olaz. OhOhOh

Mütter und Omas haben Falten, den es sind die Alten, die haben eben Falten, wie gut das es sich sogar reimt.

Doch erst seitdem der 17. März der Nationalfeiertag Irlands ist, nachdem sich Irland im 20. Jahrhundert die Unabhängigkeit erkämpft hatte, werden vermehrt die Farben Grün, Weiß und Orange getragen, um den Tag zu zelebrieren – es sind die Nationalfarben der Iren. Wie geschmackvoll!!!"

Wen, ...wen interessiert schon der irische Nationalfeiertag, außer den Iren?

Grün?

Was hat das Ganze mit der Erzählung zu tun?

Ich habe diesen Tag schlicht mit dem Christopher Street Day verwechselt, der seinen Ursprung ja eher in New York hatte, glaube, ich habe zu lange und ausführlich vom Kaplan und Fitzgerald berichtet. Im Zusammenhang mit Aiden, was meiner Theorie, dass der Hauptdarsteller eher eine Pfeife ist neues Futter gewährt.

Ich habe mich geirrt, Entschuldigung, Tschuldigung, ich abbitte mich, nicht in der Benennung, nicht nur in der Thematik, nein auch in der Zeit, den der Christopher Street Day, der meiner Meinung nach völlig überschätzt wird, habe ich mich geirrt.

Damals war schwul sein das, was es war, vorhanden, aber unter diversen Deckmänteln und so nicht für jeden penetrant zu ertragen.

Heute ist Schwulsein, eine Art Mode, nur wer schwul ist, IST! Zu den Ikonen zählen vergangene wie, Klaus Lagerfeld, der für mich immer aussah wie eine lesbische Spanierin. Auch die Tierbändiger in Las Vegas, Dings und Roy, glaub ich und und und, was aber völlig egal ist, den in meiner Erzählung existierten diese gar nicht. Doch ... ich habe St Patrick mit dem Christopher Street Day verwechselt, ja und jetzt habe ich kaum Lust, den Irrtum damit zu bezahlen, die Zeilen diesbezüglich zu löschen. Ich bin ja kein Autor, ich bin Erzähler und manchmal vertue ich mich, ist das den schlimm? Ich geb das alles doch nur weiter, ich denke mir das ja nicht aus, wie diese erfolgreichen

Schriftsteller, den das kann ich gar nicht, mangels Phantasie.

Müsst ich ja mehr schreiben, was anderes halt.

Fakt ist, ich war 2 Wochen im Urlaub, in Irland, Schlangen habe ich gesehen, aber nur am Pub kurz vor 22 Uhr oder 10 PM. Wenn die Pubs traditionell wie in England die Scherengitter an der Bar herablassen, Menschenschlangen habe ich ansonsten keine gesehen.

Also war dieser St. Patrick, erfolgreich mit den Schlangen. Geht man heute in eine Datenbank, der Information wegen, erfährt man über Limerick, in der Grafschaft Limmerick, indem die Festung der Huren besteht Folgendes.

„Limerick ist Irlands erste Kulturstadt. Entdecken Sie die vielfältige Kultur der Stadt zum Beispiel im Hunt Museum oder in der Limerick, City Gallery of Art, die im historischen Carnegie Building untergebracht ist. Außerdem bietet die Stadt ein fantastisches Festivalprogramm – von den bunten Feierlichkeiten zum St Patrick's Day bis zum jährlichen Richard Harris international Film Festival.“

So steht es geschrieben und gilt für HEUTE,

Richard Harris, ist nicht dirty Harry, sondern
eher ein Sohn Limericks, aber das tut hier
nichts zur Sache, da er erst gegen 1930
geboren werden wird.
Aaaaaaaaber, er war der prominenteste
Bürger, der je in dieser Stadt gelebt hat, daher
erwähne ich ihn, nur um diesen Ort nicht zu
traurig wirken, zu lassen. In der Epoche, von
der ich erzähle, bleibt Glanz und Glamour
leider verborgen.

Limerick, was ist das????
Ein Limerick ist ein kurzes, in aller Regel
scherzhaftes Gedicht in fünf Zeilen mit dem
Reimschema aabba und einem (relativ) festen
metrischen Schema, das metrische System wird
bis heute von der Insel ferngehalten ....

Hickory, dickory, dock!
The mouse ran up the clock.
The clock struck one –
The mouse ran down.
Hickory, dickory, dock!

In einem bestimmten Typ solcher
Kinderreime fand sich das gemeine Volk
wieder, aber erst nach 1820, was in unserer
Erzählung, also der meinen, völlig egal ist.

Trotzdem scheint Limmerick der Ort zu sein,
wo diese naive Reimform entstand!!

240

Ansonsten war Limerick die Hauptstadt der
naiven, wohlwollend gemeint, den in
Wahrheit hatte Limerick nicht einmal einen
Dorfdeppen, den so ziemlich alle Bürger
waren bescheuert, was nicht übertrieben ist.
Und weil es nicht weiter geht, mit unserem
Helden, der auf dem Weg nach Limerick ist.
Und auch der Aiden auf dem Weg ist, auf
dem nichts passiert und dieses Buch keine
Seiten mehr hat, der Lektor mich zu sich
bestellt hat und weil es eben so ist, bleibt ein
allerletztes Wort.

ENDE gut, alles Gut.

EPILOG

Das war jetzt krass, mitten in der Erzählung
das ENDE, aber ja mit dem Svenney ist
Schluss für heut, keine Bange es gibt ja die
ganze Serie.

Die Bibel auf dem Giebel

Es geht um 2 Raben, Hugin und Munin, die
Augen des Odin,

die sich immer auf ihrem Ast, einer riesigen
Eiche treffen,

der zu einer Villa der O´Shea´s gehört.

An einem stürmischen Abend beobachten die
beiden Raben, wie Blätter, Seiten und immer
mehr davon an Ihrem Ast vorbeifliegen,

es sind Seiten aus einer Bibel,

Der Bibel genau.
Als Odin oder Wotans Raben, die ja zu Odins

243

Zeiten diesem immer berichteten, was sich
auf der Welt so zugetragen hat, können die
mit den

Geschichten der Schöpfungsgeschichte gar
nichts anfangen, sie veralbern und
kommentieren jede einzelne Textzeile bis
zum Ende der Schöpfung.

Und dann, sogar über Noahs Arche, es wird
gelästert, geulkt ...

Bis Hugin sich wünschte, zu erfahren wie den
die Schöpfung nun tatsächlich stattgefunden
hat. Ja wenn Odins Raben sich etwas
wünschen.
Zapp, werden Sie auf einen absolut leeren
Planeten verbracht,

dieser Planet ist aber wesentlich mehr, als er
scheint,

dort werden Himmelskörper gebaut, designt,
ganze Galaxien entworfen,

komplette Universen ja mehrere den es gibt
kein Universum,

es existiert ein Multiversum.

Die beiden lernen den Schöpfer kennen, nicht
den Gott aus der Bibel, der Schöpfer ist nur
einer von vielen weiteren Schöpfer,

so nennen sich die Mitglieder einer alten
Gilde, die alles Mögliche bauen, erschaffen.

Sie sehen wie ein Planet montiert wird, wie
jedes Molekül eine genau Adresse bekommt
und wie sich aus Plasmastrahlen, die
verschickten Planeten genau an dem Ort
installieren, da jedes Molekül seinen Platz
kennt, für den sie bestellt wurden. Hugin und
Munin lernen die Auftraggeber kennen,

nämlich meistens Götter, Räte oder Erben von
reichen TV oder Musikstars,

die sich Luxus gönnen und an den Bewohnern
Ihren Frust auslassen können,

indem Sie im reichlichen Zubehörmarkt, auch
Plagen, Naturkatastrophen, wie Erdbeben
und Vulkane oder andere Schikanen erwerben
und über die Ihren kommen lassen können.

Während ich das Buch, das einfach nur als
Satire über die Bibel,

gedacht war Schrieb, entwickelte es sich dann
völlig anders.

Anfangs sind da nur die Bibelpassagen, die
von Hugin und Munin bretthart kommentiert
und die Widersprüche in diesem schlecht
recherchierten Buch entlarvt wurden.

Auf diese Art und Weise sollte es weiter
gehen, nach Noah,

wäre das zweite Buch Mose Exodus dran
gewesen,

aber wie bei Svenney O`Shea´s wahren
Abenteuern,

entwickelten die beiden Raben ein
Eigenleben, indem sie selbst zur Geschichte
wurden,

die Schöpfung, die sie eben noch verhöhnt
hatten, mit eigenen Augen in der Realität,

oder einer der Realitäten wie sie
stattgefunden haben könnte, selbst sehen,

und dabei unmissverständlich erfahren, das
Odin, Walhalla und diese

Germanische Schöpfung, noch viel
lächerlicher und unglaubwürdiger ist.
Im Höhepunkt dieser Geschichte taucht
Tsering Khy, ein nepalesischer Lama auf,

der die Reinkarnation aus der Inkarnation
heraus erklärt und in 1000 den Jahren,

einige Inkarnationen und die folgende
Reinkarnation,

das Auflösen durchmachte um am Ende sein
Nirwana, als Computerprogramm,

zu betreten und somit nicht still unsterblich
den Kreislauf des Seins unterbricht, sondern.
...... lest es selbst.

Die Svenney O´Shea Reihe

Band 1
Svenney O´Shea
SoS die wahren Abenteuer.

Der Lektor

Neulich
Irgendwann im 17 Jahrhundert und ein paar
Mal
Übermorgen

Svenney O´Shea oder besser SOS
(Gefahr)wenn dieser Held kommt, ist alles zu
spät.
Nur Bernadette seine Liebe, hat dieses
„kommen" noch nicht erlebt.

Helden in Strumpfhosen gab es schon aber
Svenney, „to be on Top, ist sein Job" und sein
unsagbares Glück verwickelt ihn in einen
Mordanschlag, er erfährt dabei nicht nur das
Geheimnis von einem riesigen Schatz.
Mit einer eminenten Liebe zu sich selbst,
einem Ego so groß wie ein Planet und
unglaublich wenig Einfühlungsvermögen, bar
jeglichen Talents außer dem Gespür für
Fettnäpfe und völlig frei von irgendwelchen
Werten, Grips und Verstand, schafft es unser
Mordskerl sich über die Seiten zu retten.
Denn dies ist keine Geschichte, es ist eine
Erzählung und ich bin jedes Mal, wie der Held
selbst überrascht, wie sich alles entwickelt.
Der Lektor, hat alle Mühe die Welt, in dieser
Erzählung, die so schrill und schräg, wie
amüsant ist, mit all seinen Huren, Helden
und obskuren Figuren, den Un aber auch den
glaubwürdigen Abenteuern, im Griff zu

behalten, dass er gleich selbst zur Figur wird
und diese Erzählung aktiv beeinflusst.

Wer ist die Mama San, der Baader oder Gorm,
was ist der Ostiarius oder woraus besteht ein
Gorg-On-Zolla Gesöff?
Finde es heraus,

Die Festung der Huren

Band 2.
Sweeney O´Shea
SoS die wahren Abenteuer.
Die Festung der Huren

Wie geht es weiter mit dem Helden, kommt
er je an, was wird er in der Hurenfestung
vorfinden?

Zuerst einmal führt ihn der Weg nach
Limerick in der Grafschaft Limerick. Im
blutigen Knochen, einem Wirtshaus in dem
es so zugeht, wie der Name verspricht, erlebt
er ein extra Delirium, aus der er gerade mal so
noch erwacht, beinahe wäre die Erzählung
dort zu Ende gewesen.
Aber sein Hirn macht einen Neustart, ein
Reboot vom feinsten durch.
Außerdem erzählt Father Keith etwas über
die 13 Gebote auf 3 Steintafeln, die Moses
direkt von Gott auf einem Berg erhalten hat,
von denen aber nur 2 Tafeln unten wieder
ankommen.
Der unglückliche Aiden, trifft bei Father Keith
ein und alle drei treffen sich dann in der
Festung der Huren. Genauer bei der Mama
San in Lola´s Pinte, im Ort Dun Bleice Don in
Irland, was übersetzt Festung der Huren
bedeutet.

Vorher aber erfahrt ihr, wie man einen guten
Gorg-O-n Zolla braut, wie man Ziegen melkt
und das es gar nicht so einfach ist, wenn es
Böcklein sind.

Wie ein irisches Frühstück geschaffen ist, und
ihr erlebt Bernadette in Rage und ganz heiß.
Ihr Kutscher der Ashton, mit dem Sie als
junges Mädchen eine amouröse Zeit hatte,
bringt sie noch heute überall hin, so zum
Sweeney, den Sie in Limerick überrascht.

Der Lektor kommt auch wieder vor und für
euren nächsten Spanienurlaub, lernt ihr in
diesem Buch die übelsten Flüche, auf
Spanisch, ganz der Lektor eben.

Ein alter blinder Schreinermeister, der alle
Holzsorten am Geruch erkennt.

Türen die mitten auf der Straße stehen und
durch die man nicht in einen anderen Raum
gelangt, sondern durch den Raum aus Zeit
und man dann ganz woanders hinkommt.
Schwedische Möbelhäuser und natürlich Dun
Bleisce Doon, die Festung der Huren, werden
beschrieben.
Aber auch die Hauptdarsteller, wie die Mama
San, der Ostiarius, der Baader, Maria und der
Eddie werden ganz genau vorgestellt.
Normal ist von denen keiner, aber deswegen
erzähle ich die Geschichte ja.

Lolas Pinte und ob unser Held es schafft im
Band 2 dort anzukommen, ich habe so meine

Zweifel, werdet ihr in Band 2 auch erfahren oder im Band 3.

Band 3

Sweeney O Shea

SoS die wahren Abenteuer.

Auf Biegen und Brechen

In Band 3 der Reihe um den liebenswerten
Tölpel erreicht dieser endlich die Festung der
Huren, der erste Schlüssel und somit der erste
Schritt zum großen Schatz ist greifbar nahe.
Was den Apfel Adams mit diversen
alkoholischen Getränken verbindet.
Und
Was Whisky von Whiskey trennt.
Und
Wie es in Lola´s Pinte so hergeht, was
Svenney, der endlich angekommen ist,
Dort alles abzieht, wie die Mädchen in Dun
Bleisce Don so drauf sind.
Das erfahrt ihr in diesem Teil, aber das ist
nicht alles denn,
langsam löst sich das Rätsel um den Lektor.
ZZZ
Zusammenhänge - Zeitachsen - Zy- tronen

Und
Die Biegeeinheiten die Bender, die das Rad
des Universums stabilisieren sollen.
Diese aber von einer unbekannten Macht
sabotiert werden.

Das ganze bekannte Universum ist in Gefahr.
Die Zusammenhänge werden langsam klarer.

Die Universe One, die absolut größte Techno
und Rave Party, aller Welten
wird beschrieben.
Was Tappakopische Perque und Juristen
miteinander zu schaffen haben.
Türen, Port- All e und allerlei Gedöns.
Und
Natürlich Sweeney, der Aiden Father Keith,
die Mama San und ihre Girls
Kortex das Pferd und Duud, der Kater

Die Insel der Druiden I
Der erste Teil der Druideninsel
Der vierte Band aus der Svenney O Shea
Reihe.

Nach
Band I Der Lektor und Band II Die Festung
der Huren und Band III auf biegen und
brechen, kommt: Band IV und V die Insel der
Druiden, gleich zwei   Teile.
Ich bin nur der Erzähler, die Geschichte der
Insel der Druiden, wurde zu umfangreich für
nur ein Buch.
Was aber genau ist die Insel der Druiden? Es
ist kompliziert, zum einen ist es die Insel
Anglesey westlich vor der Küste Irlands
vorgelagert und ist die wahre Insel keltischer
Druiden. Durch Magie und anderen Gründen,
die ihr im Anschluss erfahrt, hat Anglesey
aber die gleichen Koordinaten wie Korsika,
die Insel im Mittelmeer. Quasi ist Anglesey
auf Korsika drauf gestülpt, somit der
magische Teil.
Auf der Insel befinden sich die nächsten
beiden Schlüssel.
Aber dort auftauchen und die Aufgaben lösen
und die Schlüssel zu nehmen, so einfach ist es
nicht. Die Elfen der Ailill befinden sich in
einem Krieg mit den Druiden, den Hexen und
Zauberern. Gemeinsam wollen alle magischen
Gilden, dieser vermeintlichen Bedrohung

durch eine kollektive Beschwörung entgegenwirken. Nur dazu werden irische Kräuter und Runensteine benötigt, welche Svenney O Shea im Tausch für die beiden Schlüssel anbietet.

Diese Heilpflanzen aber haben es in sich. Doch bevor diese Beschwörungszeremonie zum Höhepunkt kommt, indem alle high sind und was auch immer nur schief geht, muss erst das Buch der Ukapoden beschworen, Hexenbesen abgeschleppt, Fressorgien abgehalten und Missverständnisse geklärt werden. Parallel zur mittelalterlichen Erde passiert im Multiversum Unglaubliches, auf GlauKom I dem Planeten, auf den die Elfen der Ailill verbannt wurden. Der Lektor läuft zu seiner Bestform auf.

258

Yachtikon Yachtercharter
LOLA Handbuch

Die Ostsee - unendliche Weiten. Wir befinden uns in einer rauen Gegenwart. Dies sind die Abenteuer der Crew auf Steg G. Viele Schritte entfernt vom Parkplatz und sanitärem Luxus, endlose Karawanen mit Wägelchen, bepackt mit Bier, Wein, Spirituosen und nutzlosem Zeug, die sogleich chartern werden.
Unbekannte Lebensformen aus dubiosen Zivilisationen.
Unsere Charterflotte dringt dabei in Seegebiete vor, die nie ein Mensch zuvor gesehen hat.
Warnemünde Ortszeit 0800, an jedem Samstag in der Saison. Die Soggsen kommen, mit Ihnen die Berliner, die Bayern, Süddeutschen, Alpenländler aus 16 Bundesländern dieser Bundesreplik, aus Kantonen, Skigebieten und von ganz weit her. Bierbunker Gepäcks Slalom, auf dem Steg harter Einsatz am Limit. Übergabe

der Yacht, die Rücknahme am nächsten
Wochenende, alles wird erklärt.
Dazwischen müssen die Yachten
gereinigt werden, repariert und so
weiter.
Manche Seelsorge, Frust, Stress der
normale Wahnsinn.
Der gemeine Chartergast erkennt nicht
alles, was am Steg passiert.
Er sieht nur, die Probleme die nicht in
der kurzen Zeit gelöst werden können,
zwischen Rücknahme und erneuter
Übergabe.
Dieses Buch soll vermitteln, zusammen
mit den Erwartungen des Chartergastes
und dem, was der Crew maximal zu
richten möglich ist.
Es ist ein Blick hinter die Kulissen,
einer fiktiven Charterfirma LOLA
Yachtcharter, alles frei erfunden und
Satire, reiner Nonsens, der aber auf 12
Jahren Erfahrung des Erzählers am Steg
G beruht.
Der eine oder andere Leser wird vieles
Wiedererkennen.

Vor allem die Hauptdarsteller der holländische Hüne, den Erzähler Sven und last but the least Törn, den Depp von Steg G.
Am Ende des Büchleins findet ihr ein Yachtikon, eine alphabetisch geordnete Übersicht seemännischer Begriffe, plus humorvolle Anmerkungen des Erzählers.
Wie z.B Chartern: die Erlaubnis, gegen Bezahlung von mehreren hundert Euro pro Tag, ein fremdes Schiff von Grund auf zu überholen, zu reparieren und sich am Ende des Törns, von der Kaution zu verabschieden. Neben viel Informationen sind es die Cartoons von Vipy meiner Frau, die dieses Buch lesenswert machen. Sie veranschaulichen Begriffe wie Back und Steuerbord.

Das war es.
Buch ist fertig und ich mache den Wein auf.
Prost